韵扬妫水

陈超诗词作品集

陈超 著

妫川文集

北京出版集团
北京出版社

图书在版编目（CIP）数据

韵扬妫水：陈超诗词作品集 / 陈超著. — 北京：北京出版社，2021.12
（妫川文集）
ISBN 978-7-200-16819-8

Ⅰ. ①韵… Ⅱ. ①陈… Ⅲ. ①诗词—作品集—中国—当代 Ⅳ. ①I227

中国版本图书馆CIP数据核字（2021）第244331号

妫川文集
韵扬妫水
陈超诗词作品集
YUN YANG GUISHUI
陈超 著
*
北 京 出 版 集 团 出版
北 京 出 版 社
（北京北三环中路6号）
邮政编码：100120
网 址：www.bph.com.cn
北京出版集团总发行
新华书店经销
北京朝阳印刷厂有限公司印刷
*
787毫米×1092毫米 16开本 18印张 236千字
2021年12月第1版 2023年7月第2次印刷
ISBN 978-7-200-16819-8
定价：58.00元

“妫川文集”编委会

序

飞雪迎春到

2022年，四年一度的冬奥会即将在北京举行，届时大会将上演一场拥抱冰雪的激情盛宴，而最令人感奋的高山滑雪等精彩项目是在延庆境内北京第二高峰海陀山上举行。为迎接冬奥会来临，中国国际文化交流基金会妫川文学发展基金管委会、延庆区作协联手北京出版集团编辑出版了这套大型丛书“妫川文集”，以之作为盛会文化礼品，这是一个非常值得称赞的文化创意。

延庆，古称妫川。28年前，我任北京市副市长的时候主管科技、教育，多次到过延庆，结识了一些文化、科技、教育工作者。特别是1997年兼任北京控股集团有限公司董事局主席时，吸纳八达岭旅游公司加盟北控在香港成功上市，进而收购龙庆峡、开发玉渡山风景区之后，跟延庆的联系就更紧密了。延庆是个被历史文化深深浸润着的地方，缓缓流动着的古老妫水，炎黄阪泉之战的古战场，春秋时期山戎族遗迹，古崖居遗址，饮誉海内外的八达岭长城，厚重的历史人文和钟灵毓秀的山川，滋润着这片土地，也滋润着这里文化的传承和发展。

一转眼快30年了，无论我在北京工作，还是后来到香港工作，我对延庆的文化、科技、教育发展始终投以关注，也相知、相识了一批默默推动文学艺术发展的有志之士。延庆乡土作家孟广臣同志是个代表人物，20世纪50年代曾出席过全国文联代表大会，受到过毛泽东主席和周恩来总理的接见，出版过许多颇有影响的文学作品，他影响和培养了一大批文学爱好者，对当地的文化发展做出了卓越贡献。

而更重要的是，坚持推动地区社会主义文化艺术繁荣发展，一直为延庆区委、区政府所高度重视。据了解，延庆区作协成立较晚，但是最近5年，在党和政府的大力支持下，他们做了许多事情，在对重点作家进行培养、助力文学新人成长方面，打造了一种积极热情的社会氛围。特别是在挖掘弘扬延庆红色文化方面，做出了不俗的成绩。在这里，还要特别提到一位也曾在延庆工作过的乔雨同志，他当时是我们北京控股集团有限公司董事局最年轻的执行董事、八达岭旅游公司董事长，也是中国作家协会会员。乔雨在诗歌、散文、纪实摄影创作方面成绩斐然，先后在伦敦、巴黎举办了“行走中国”个人摄影展。更重要的是，他对延庆当地文学艺术创作的发展，发挥了承前启后的推动作用。

进入21世纪以来，当代文学创作多少受到了经济发展的冲击，延庆也一样。这个时候，在相隔10年的时间里，乔雨先后主编出版了《妫川文学作品精选集》《妫川文学作品精选集(2001—2011》。前一套汇集了1950年至2000年80余位延庆籍作家的260余篇作品，后一套汇集了21世纪前10年的佳作，计有135位延庆作者的500篇作品选入。这两套书的出版，在当地产生了较大的影响，团结和发现了一批文学创作者，激励和调动了他们的创作热情，这些人中的佼佼者先后加入了北京作家协会和中国作家协会，成为当今妫川文学创作的中坚力量。

还有，在乔雨的积极奔走努力下，2018年夏天，中国国际文化交流基金会专门为延庆设立了“妫川文学发展基金”，资助延庆作家出版图书；设立妫川文学奖，每两年评选一次；激励、支持延庆作家和文学爱好者进行文学创作，冲击国内外大型文学奖，从而促进延庆作家创作出具有时代意义和世界眼光的精品力作。这对延庆的文学艺术发展，是一件功在当今、泽及后人的事情。据了解，这个基金成立后作用显著，已经有19位作家正式出版了个人文学专集或获奖。以上这些都为本次大型丛书“妫川文集”的诞生，奠定了坚实而重要的基础。

文学，作为文化重要的表现形式，在德化民风、善润民心方面发挥着不可替代的作用。延庆正是因为有了像孟广臣、乔雨、赵安良、周诠、谢久忠等一大批埋头苦干、默默耕耘者的无私奉献，才推动了妫川文学大发展、大繁荣。

本次编辑出版的“妫川文集”，是对延庆文学创作的一次大检阅和汇总，也是延庆经济和文化共同繁荣发展的一个标志，更是当代延庆文艺工作者留给历史的文学记忆。本文集精选了乔雨、石中元、陈超、华夏、远山、谢久忠、郭东亮、周诠、林遥、张和平、浅黛11位作家的文学作品，以个人单集的形式出版，汇成文集。石中元创作的报告文学《白河之光》，真实再现了“南有红旗渠，北有白河堡”的历史画卷，是记录妫川儿女在那个火红的社会主义建设年代中埋头苦干、默默奉献的群英谱；郭东亮主编的《妫川骄子》涉及古往今来41位延庆籍人物，从侧面反映了延庆的历史发展进程；周诠的《龙关战事》收录了近年来他创作并在《解放军文艺》等期刊发表的5部中篇小说，基本代表妫川小说的水平。“妫川文集”收录的作品包括诗歌、散文、小说、报告文学、摄影作品，大部分都是在全国文学期刊和报纸上发表过的，有不少曾结集出版，其中还包含了许多曾获得过全国奖项的作品。它不仅能够体现一个地区的文学水平，其中有的作品甚而达到了中国当代文坛的艺术水准。

伟大的时代需要创造伟大的业绩，伟大的业绩需要伟大的作品来讴歌和表达。新的历史时期，以习近平同志为核心的党中央高度重视社会主义文艺工作。习近平指出：“文艺是时代前进的号角，最能代表一个时代的风貌，最能引领一个时代的风气，实现‘两个一百年’奋斗目标，实现中华民族伟大复兴的中国梦，文艺的作用不可替代，文艺工作者大有可为。广大文艺工作者要从这样的高度认识文艺的地位和作用，认识自己所担负的历史使命和责任，坚持以人民为中心的创作导向，努力创作更多无愧于时代的优秀作品，弘扬中国精神、凝聚中国力量，鼓舞全国各族人民朝气蓬勃迈向未来。”引导广大文艺工作者，也包括入选本文集的延庆籍的作家们，应充分意识到重任在肩，时不我待，要结合实际，深入生活，扎根人民。为人民书写，为人民立传，为时代放歌，创作出更多无愧于时代的优秀作品，推动社会主义文学艺术繁荣，这不仅是我们的责任，更是我们的光荣使命。

古往今来，包含民族精粹的博大精深的文化和当代的文学艺术，都是推动社会发展进步的重要动力。我深信，这套大型文集的出版，无论是对宣传延庆、展示延庆，提升延庆的知名度和美誉度，还是对延庆文化的传承创新以及经济社会发展，都将产生积极而深远的影响，也为实现首都“四个功能”战略定位贡献一份力量。

是为序。

胡昭广

2021年金秋于北京

注：

胡昭广，北京市原副市长，中关村科技园区第一任主任，（香港）北京控股集团有限公司董事局主席，京泰集团董事长，中国国际文化交流中心顾问。

目录

一 壮怀激烈

二

锦绣神州

三

花满京华

四

画展家园

（一）综合

（二）景观

（三）乡村

（四）题画

五 山河存记

六 往事回眸

七 鸿雁传情

八 寄物抒怀

一

壮怀激烈

蝶恋花·清明

（1964年4月）

乌燕晴明穿玉树，望燕南来，乱线存无数。欲给烈豪传尺素，又疑燕小不知路。　　凝立不觉斜日暮，腔里热血，唯顺东风诉。君为自由抛头颅，我投革命莫停驻。

五律·看《毛主席去安源》油画有感

（1968年9月）

手攥千峰碎，步量三岳低。
眼前萍水滚，高处赤云疾。
志蓄农奴戟，身连粗布衣。
安源播火种，煤海舞红旗。

七一抒怀

（1991年7月1日）

为民谋利为国劳，我是党人多自豪。
志做工蜂酿甜蜜，心存征雁奔琼瑶。
农夫喜至丰收景，猛士神来战鼓敲。
火样年华逢盛世，献身龙庆架金桥。

九九金秋

（1999年9月23日）

多少仁人苦追求，强国之梦愿正酬。

城乡泼彩妆巨变，山水调音唱丰收。
业壮香江圆梦美，典宏京甸画图牛。
龙庆峡旁诗友会，好添雅兴再登楼。

满江红·贺建党八十周年

（2001年7月）

日出东方，星星火，燃冲天烈。循马列，动员民众，将关山越。军号声穿黄水雾，忠魂色染红岩雪。终换得，我锦绣中华，浑如铁。　八十载，鞍未卸。新世纪，情尤切。让文明化笔，彩描山野。壮志情播新戏剧，宏图景唤真豪杰。到头来，看华夏民族，雄世界。

七律·纪念毛泽东诞辰一百周年

（2003年12月26日）

红日一出亮夜天，中华巨轮挂云帆。
胸飞大略平妖雾，笔起长虹壮泰山。
领袖功勋归史记，江河风范润人间。
一百华诞鸿传语，未竟宏图梦正圆。

水龙吟·纪念红军长征七十周年

（2005年9月）

中华儿女英雄汉，万里长征殊见。雪山云阻，金沙门锁，草滩地陷。追堵围兵，枪林弹雨，草根咋咽？幸日明遵义，会师吴起，矗宝塔，山河焕。　岁月新翻七秩，我神州，中兴初现。当年遥忆，孤船神渡，苦夺天险。彝寨结盟，燎原星火，红旗漫卷。以红军气概，齐心勠力，前程无限。

七律·与友谒青龙桥詹天佑墓

（2006年3月26日）

树木葳蕤护墓台，长城悬授挂勋牌。
情思花孕盈幽谷，春意风携撞满怀。
日月不随流水去，鸿鹄正好趁云来。
人沿道轨飞千里，我辈登临久滞挨。

七律·贺建党八十五周年

（2006年5月底）

红船破浪八五春，赤县山川焕然新。
万古穷乡淌澧水，九天仙境放佳音。
长征旗聚先驱志，党器光揩百姓门。
国土百年归整好，环球腾起大精神。

七律·控诉日寇制造岔道活人坑

（2007年4月3日）

膏药当年代日头，千人迫建封锁沟。
饭食橡面如猪狗，棒打劳工做马牛。
病更遭殃凉水灌，活难逃命火坑丢。
似闻七百冤魂吼，切切好生护金瓯。

七律·汶川抗震救灾

（2008年5月18日）

突来大难天欲塌，毁我庄园伤我娃。
讯断千家困孤岛，雨斜万岭泻崩崖。
中枢号箭传飞将，寰宇催云补彩霞。
亿众广施回春术，伤枝树木返芳华。

七律·咏“神舟七号”

（2008年9月27日）

一声呼啸越空云，舟载三英列斗参。
沿路已为熟面孔，添情不过自仙神。
九天之外家国望，三日之间世事分。
月姊省亲应有望，如约乡眷快叩门。

七律·尹家府抗战大捷纪念馆

（2009年4月25日）

尹家府上艳阳高，老树虬枝叶曾焦。
明月皎皎圆虎胆，古钟荡荡渺狼嚎。
平型关和金缕曲，潮白水扬念奴娇。
青史点金铭胜记，江山永驻霍嫖姚。

七律·辛亥革命百年

（2010年8月4日）

百年风雨记征程，专制尘消枪炮中。
云涌四川终保路，月明日本话同盟。
三民广聚英雄业，四海同戡窃盗虫。
旗耀武昌铭史记，中华蓄势竞腾龙。

鹧鸪天·京北红色第一村沙塘沟

（2010年8月7日）

岁月风云籍大山，小村薪火汇燎原。军民结网如林密，志气铸金锁玉关。　瞭望树，阻敌岩。藏粮藏物有机关。人心聚起连云海，管叫贼船浪里翻。

注：沙塘沟在平北延庆县（今北京市延庆区）大庄科乡。

破阵子·忆白乙化将军指挥沙塘沟战斗

（2011年7月15日）

风过山林涌动，似争讲述当年。日伪三千围数百，滚滚黑烟漫岭岩。将军定若闲。　挡住南来猛兽，集中北面伏歼。鏖战一天威下马，一笔勾销两个连。名扬老十团。

注：沙塘沟战斗发生于1940年5月。

望海潮·缅怀白乙化将军

（2011年7月17日）

燕山林秀，岩花簇锦，馨香犹报春霖。昔日外侵，腥风血雨，铁蹄卷起妖氛。受命在危辰。扬闪光利剑，刺向敌心。我老十团，丰滦密境暗扎根。　　白龙行动真神。看北开五道，南破营门①。东斩寇旗，西煞瘴气②，延安触角长伸。鬼子算头晕！惜未酬志壮，血沃幽云。国盛常怀先烈，铭史慰英魂。

①北开五道，指摧毁五道营敌人据点；南破营门，指袭击司营子据点。
②东斩寇旗，指拿下小白旗鬼子据点；西煞瘴气，指沙塘沟大捷。

七律·弟兄上天入海有感

（2012年6月25日）

海门子弟有灵通，敢问天宫与水宫。
兄遣蛟龙深海逛，弟襄神羽碧空腾。
花开亦在农家院，志壮尤须振翅鹰。
愿得才俊千千万，立世神州事事成。

注：江苏海门农家子弟崔维成是“蛟龙号”三位试航员之一，为副总指挥。其弟崔维兵参与“神舟九号”项目研究。

七律·参观古北口抗战纪念馆有感

（2012年7月16日）

腥雨曾经掩翠微，黎元血肉补盈亏。
重叠沟壑无名骨，扫荡城乡盗宝贼。
关口洞开寰宇近，潮河波涌雪龙飞。
伤痕莫道今朝去，农妇追怀泪几飞。

雅安加油（三首）

（2013年4月23日）

似公非公是老天，何故灾连降蜀山。
川北阴霾氛未尽，雅安谷雨地重掀。
七级震后接千次，百姓伤亲又毁园。
道路不通讯息断，万人千户滚油煎。

青衣江畔月含忧，搂树熊猫鸟闭喉。
百户扬幡悲逝者，万楼散架断人眸。
不哭小女情真在，出嫁主播画已收。
寄语亲人应挺住，家国出手解君愁。

灾情如火动八极，海望河川师望旗。
救死抢时争分秒，送安助力放车楫。
争先劲旅从天降，获胜奇招将险移。
后世若追兴国事，事在民心在史籍。

参观平北抗战纪念馆

（2013年5月20日）

连云松柏展棚罗，似为英灵把伞遮。
血雨腥风成噩梦，断刀土炮欲陈说。
休言妖雾今远遁，常有逆流伏旋涡。
似见碑墙人注目，炮车落羽和平鸽。

七律·新春寄语

（2014年1月29日）

路串画廊花漫云，全球盛会列家门。
文明花放千千树，德厚福添代代人。
汩汩妫河香日下，霏霏酥雨暗春分。
诸公何不齐发力，美好家园天下钦。

水调歌头·咏长城兼贺党的生日

（2014年7月1日）

紫塞连绵远，千里入云层。烽烟雉堞前辈，血肉筑邦宁。不管风刀雪剑，更有春花秋韵，树海涌涛声。多少人间事，都在望怀中。　惊寰宇，翻青史，壮长征。基连地下岩脉，风采耀长庚。远逝寻夫姜女，好续春天故事，蠹蛊扫门清。我是一砖石，永世固金城。

平北老松树的家训（古风）

（2015年7月1日）

平北老松立山岗，龙鳞霜叶历沧桑。
唯有挺身如玉柱，饱览世事树轮藏。
环顾子孙千千万，重重叠叠似海洋。
今借松涛传家训，大小树郎记心上。
吾立山岗数百载，阅尽人间盛与荒。
朝代更迭云过眼，戍垒铜墙护家邦。
世世代代苦经营，血汗浇灌百花香。
最是日寇撕心肺，杀人越货如虎狼。
甲午之年风云变，铁舰黄海逞凶狂。

日俄瞬间撕脸破，旅顺之战我遭殃。
柳条沟夜火车毁，狼子野心日昭彰。
九一八，炮声响，后失三省先沈阳。
卢沟桥上明月暗，石狮岸柳血光溅。
吞罢上海吞武汉，南京屠城三十万。
东南诸省尽皆失，半壁河山都沦陷。
腥风血雨整八年，妖雾遮天岁月寒。
铁蹄践踏我平北，家破人亡毁家园。
封锁沟边岔道惊，劳工命丧万人坑。
佛峪口中沙石路，路基之下垫白骨。
西羊坊和大柏老，百姓惨遭狼狗咬。
毁村焦土修人圈，百姓血泪光阴伴。
炎黄子孙铮铮骨，矢志收复中华土。
二十九军亮吴钩，大刀直取鬼子头。
平西平北初连线，沙塘大捷惊敌胆。
李明备好铁西瓜，鬼子难进白草洼。
拔敌楼，剪电线，不让敌人把脚站。
设埋伏，打游击，鬼子汉奸命归西。
平北军民筑长城，大海陀设大本营。
热血飞雨染红霞，平北盛开英雄花。
县会议长温克明，英勇就义南口城。
胡瑛相伴徐智甫，书记县长铭千古。
为保八路保家园，岳坦血染白龙潭。
为护文件杨金花，舍身一纵跳山崖。
多少英雄大志圆，红旗方舞四五年。
国家兴旺黎民福，国家衰败黎民苦。
鬼火妖风及草木，树毁草霜山岭秃。

我们松柏一家族，七秩之前少立处。
幸我存身在山崖，才能今日伴烟霞。
树子松孙要牢记，中华热土吾等育。
今日中华正逢春，才现川岭大松林。
虽是树辈亦有情，挽起枝膀做长城。
固沙保水维自然，草绿花香染田园。
更有古城织烟树，纪念碑宏围屏幕。
烈士情怀烈士魂，精神尽展我树云。
我虽身老身犹壮，与亲守护山岗上。
挽住彩云挽住虹，让中华大地更欣荣。
儿郎啊，挺起身，让中华大地焕然新！
须臾万里松涛涌，应是树辈赞和声。
松涛涌，赞和声，中华草木亦有情！

七律·贺申冬奥成功

（2015年7月31日）

击鼓传旗落我家，满堂老少乐开花。
喊声愿到南洋远，心地早将五环插。
冰雪飞狐横靓影，精神皓首现春华。
妫川七载物人改，直叫海陀炫彩霞。

清平乐·咏六盘石忆长征

（2016年6月20日）

稳如天柱，独破千重雾。影似关城势如虎，欲把裂天修补。　雄姿依旧峥嵘，唤回万壑和声。再做将台兵演，凌空托起腾龙。

望海潮·百五诞辰怀孙先生（新声）

（2016年9月7日）

翠亨蓊郁，珠江波荡，黄岗艳簇红花。虹起武昌，川行保路，封楼到底坍塌。黄埔聚豪侠。更春风北上，荡腐涤沙。汇马攒军，雄风猎猎欲天涯。　一生尽付国家。探兴邦医世，行易知狭。联共系俄，三民并举，宏兴实业桑麻。百五载英发。看山河炳焕，如画如霞。德略神光，至今蔚蔚庇中华。

写在南京大屠杀公祭日

（2016年12月13日）

当年狼子太猖狂，杀我同胞毁我房。
丽丽金陵成焦土，滔滔扬子滚血浆。
山河伤裂痕难去，华夏儿郎志宜刚。
万里长城磨利剑，妖风敢起扫他娘。

仰天柱贺建军节（新韵）

（2017年7月29日）

如铁南疆立，雄姿壮海涯。
护生容翅羽，织梦画烟霞。
何惧滔天浪，常怀彼岸花。
气豪冲宝殿，安我国与家。

访怀来董存瑞纪念馆

（2018年6月20日）

一声巨响震乾坤，隆化挺出大写人。
军号声飞妖雾散，凌云阁镌巨星真。
英杰不让岳鹏举，正义可张精卫神。
吾辈南山垂手立，铮言如鼓动山根。

访宛平城抗战纪念馆

（2019年9月19日）

树叶镶金果似花，城墙弹孔作伤疤。
影图犹散血腥味，正气生成画境霞。
海量兽行收少半，十名志士至多仨。
人人都效英雄汉，圆我鼎天大中华。

古风·祭国士李文亮

（2020年2月7日）

从来庸政善刀切，必有镔铁做铁削。
是马是骡沙场遛，输情输智厄时别。
八方微信扬国士，万杆银枪护汉堞。
我向蛇山长一跪，泪闻警哨彻天阶。

卜算子·延庆抗击新冠病毒剪影（六首）

（2020年2月8日至13日）

狼来了

盛事耀妫川，庚子新春到。结彩张灯庆有年，一片吉祥兆。　忽报寇来袭，好事都成泡。世赛冰龙俱叫停，仅剩花灯耀！

妥善处置一病例

湖北武汉刘先生在延庆打工，患新冠肺炎，当晚转至市地坛医院。由于区医院准确诊断，做好防护消毒，没有感染他人。否则，后果不堪设想。

京北杏桃源，黑客悄悄入。鄂友归来暗暗随，作乱寻机布。　应对有方谋，接诊严防护。当夜及时转地坛，岭北安如故。

五千斤苹果慰一线

北京政如农意种植专业合作社合伙人陈蒙等四人，将准备在春节期间销售的五千斤优质海陀富士苹果捐出，慰问一线医护人员。

豚岁雨风匀，林果红香大。上市无疑抢手成，好货擎高价。　妫水敞胸怀，助力伏魔霸。香透白衣香透心，上谷传佳话。

融媒体无人机助力宣传

角落散牌局，口罩您应戴。传过声音不见人，声自空中甩。　高处看得清，句句传关爱。能做常人所不能，走进新时代。

送菜情

防控以来，景而沟村村民吃菜困难，胡伟夫妇专程从新发地市场采购，免费分发。

封路避瘟灾，锅里缺青菜。胡伟夫妻解难愁，新发地捎带。　雪里炭薪添，纾困真情在。小事区区网上传，善举馨山外。

老书记广播劝乡亲

土语网红生，严厉贴心语。只为家园免祸灾，机密加风趣。　费嘴又磨牙，句句传村域。不忘初心似这般，定把苍生聚。

闻疫情取得阶段性成果喜赋

（2020年2月24日）

妖如敌特暗中藏，寻隙偷袭冷不防。
最好宅家风雨避，还将门岗网筛张。
中枢王炸频出手，天使师雄共灭蝗。
入库刀弓君莫想，只因魔善马回枪。

金缕曲·七一咏荷庆党生（通韵）

（2020年6月30日）

何物提神最？望河源，叠交伞盖，绿联天水。盘滚珍珠莹含翠，蕾笔如擎仪队。云雾里，宝石镶缀。月下凌波虹霓动，胜桃花人面香翻倍。人欲梦，鼓蛙醉。　神州处处铺装美。看嘉兴，莲波舟载，韵扬南北。荷淀洪湖阳澄盛，今更增添妩媚。子共藕，富民积岁。画语诗风寻常见，念周公腕底清节贵。望宇宙，显奇魅。

抗洪子弟兵露宿有感

（2020年7月31日）

一见神图即泪奔，恶涛战后放乏云。
岸坪群塑卧佛聚，夕照刷屏峻岭陈。
常把现实联故事，还凭热血染青春。
缩身贴地影身小，却是柱石安昊坤！

水调歌头·咏国槐颂十一

（2020年9月11日）

植物百千种，唯汝冠国名。虬枝铁干蓊郁，拔挺上云层。仲夏珠花如雪，秋后珞缨穿月，百鸟亮和鸣。荫庇一乡里，游子涨乡情。　破霜雾，强地脉，报金城。寻根问祖，华夏儿女泪长盈。四季钟洪敲警，万里图新圆梦，张翼展雄风。我护君常健，诗放醉翁亭。

平北缅怀詹大南将军

（2020年12月2日）

海陀山水记将军，怀绪浓浓化绿荫。
松啸常模前进号，石苔暗储凯旋尘。
满坡野草曾当饭，沿路断柯好顶门。
烽火绵延今仍旺，熊熊照我阪泉人！

“嫦娥五号”探测器月球采样有感（新声）

（2020年12月3日）

广寒宫已似家宅，小住长歇常往来。
舒臂打包收密样，前身后背炫连拍。
者番可否吴刚访？最好随机民宿开。
兴旺中华由底气，九霄当作演出台。

白兔扫屏“嫦娥五号”返回器溅落现场有感

（2020年12月18日）

玉卯多灵性，知今携宝归。
寒中娱影动，高处籁音追。
形闪真萌宠，足编雅穿梅。
为啥欢似舞，仙土草精培。

悼加勒万河谷戍边英雄

（2021年1月21日）

昆仑筋脉似豪英，冰水波喑呜咽声。
臂影如墙坚热土，忠魂凝雾绕极星。
应知还在上甘岭，常备曾经细柳营。
灯火万家安泰日，男儿血肉铸金城。

题《没有共产党就没有新中国》歌词诞生地

（2021年3月31日）

山似声波水似琴，小村韵起遏行云。
英雄也可问出处，此起中华立世音。

水调歌头·妫水扬波颂党生

（2021年3月31日）

滔滔西逝水，倒影涨霞楼。园台连景，百里佳境绿云稠。杏雪芦风荷月，凫戏莺啼鱼贯，塔月亮吟眸。更展世园会，盛举动全球。　百年事，匆匆过，载春秋。丰盈旱涝，应对国祚共兴忧。碎片慈禧西狩，溅血倭军屠掠，镰斧领潮流。新记圆新梦，万众颂红舟。

水龙吟·重访平北红色第一村

（2021年4月6日）

当年抗战艰辛日，子弟兵藏身处。军民鱼水，同心协力，先成支部。树报消息，洞藏粮草，密机严护。舍己溅龙潭，沙塘歼寇，红旗展，驱罴虎。　万里山河安固，记前贤，打拼茹苦。队成游旅，戎装星帽，寻当年路。旖旎风光，馆藏青史，历程回顾。趁红船百载，传薪星火，震擂金鼓。

聆听张文宗老师讲五四运动

（2021年4月30日）

没有丰盈只有亏，当年乡月太悲催。
高扬志士冲锋号，深勒中华纪念碑。

旧梦如鞭常警醒，新潮似扫展芳菲。
三春好雨潺潺下，宛若张公润物蕤。

听段金星校长讲父亲革命生涯有感

（2021年5月30日）

山岳标高岁月河，中华不灭有钢核。
挺身弹雨如石架，热血红霞伴凯歌。
因有国强方有我，前留步稳后留辙。
鲜花万载春常在，代代传承是厚德。

二

锦绣神州

赴锡林浩特途中

（2002年8月）

浅山旷野远接天，矮草羊群隐沙滩。

愿借天公七尺雨，还我当年敕勒川。

锡林浩特

（2002年8月）

新楼阶比灿如霞，灯彩泉银艳似花。

不是蒙文随处见，几疑客寓在京华。

七律·游桂林

（2003年3月20日）

真人偏爱逞风流，削取群星化岭头。

顺下天河淌澧水，移来月桂护街楼。

仙国欲揽何方觅，彩舫轻移画里游。

细品当年郭老意，登临胜似做王侯。

东兴通关

（2003年3月22日）

春雨新鲜翠北仑①，通关排站客如焚。

忽闻乱炮中东震，细看喜堂近国门。

①北仑，即北仑河，现为中越东兴口岸界河。是日收听广播，美军轰炸伊拉克。

七律·游后城朝阳观

（2004年6月）

旧县翻山到后城，昆仑截取竖危屏。
岭云叠翠足仙境，洞月层明动晓钟。
绝壁鹰雏声叫脆，出岩桑树果初红。
朝阳应做金光照，寂寞神仙共太平。

注：朝阳观在河北赤城县后城镇。

七绝·观沧州铁狮子

（2004年8月）

眼如满月体如丘，巨口一张噬海虬。
风锉雪刀伤遍体，仍留威武壮神州。

七绝·游盘古庙

（2004年8月）

远来拜谒第一杰，绿树深荫掩庙阶。
多少周边白发者，口开必颂盘古爷。

注：盘古庙在河北青县境内。

五律·游天皇山

（2004年8月）

石怪连天宇，泉清下瀑潭。
寻常香漫路，独特字镌岩。
空谷开禅院，高庵涌雾岚。

古人真智慧，仙境占深山。

注：天皇山在河北怀来县北辛堡镇。

张家口大境门

（2004年8月28日）

巨鹰展翼太平山，紫塞担挑好河山。
高聚白云低聚锦，城门如镜摄新天。

七律·访江西文港笔都

（2004年11月9日）

小城自古重诗文，竹海移来化笔林。
方斗铺田播锦绣，鼠毫连线缀精神。
叼光亲友心添彩，得月儿孙画染金。
好借秋风书盛世，新联满眼万家春。

七律·游井冈山

（2004年11月12日）

古木锁山山锁云，人游树海近商参。
秋风阵阵抚苍缘，冷雨纷纷悼义魂。
眼见草花鲜热血，耳听领袖亮真神。
井冈亮厦装街色，宏路新开向天门。

七律·井冈龙潭

（2004年11月11日）

古木危岩五下泉，井冈美景汇龙潭。
山高扯破云中水，月小割开涧底天。
星火当年留胜迹，自然功力孕奇观。
红哥昔日能临否？我代闲游似羽仙。

七律·香港游

（2005年2月）

伶仃洋上落阴云，屈辱百年箭穿心。
厚幔连天分日月，同胞隔水各晨昏。
紫荆花放回归日，华夏曲和奋进文。
曾在罗湖桥上望，今天携友做游人。

七律·游香港有感

（2005年2月）

多少年来梦臆求，香江今日任周游。
话语风俗留共异，楼林车海觅欢忧。
涩羞还是说囊内，夷夏相交看街头。
毕竟特区为特地，界河虽浅亦为沟。

七律·夜游香江

（2005年2月）

层层密密宝石光，灯树人间绽艳芳。
岸立花屏香水面，波铺华彩秀街廊。
击舷锦浪歌沾色，泼墨金城画染香。
不是数码邀合影，几疑身置在天堂。

七律·西柏坡有感

（2005年4月）

花香柏翠柳鹅黄，黄土高坡黄土墙。
庭院前头留岁月，风烟远处辩沧桑。
力薄器陋赢三役，雷震雨激动四方。
只是山村足正气，便将溪水汇汪洋。

七律·赴芮城文联学习有感

（2005年6月17日）

文霞彩染晋天红，艳树奇花画岁丰。
时代真情祥广场，笙歌雅韵俏风陵。
业随发展宏兴旺，艺伴生活乐太平。
虹起中条连紫塞，唤得万众唱和声。

七律·登鹳雀楼

（2005年6月18日）

三晋风光汇蒲州，更将旧画让新楼。
云阶再上接星汉，盛夏于中做孟秋。
窗辟黄河涛万里，声播古曲地千畴。
王公今日重来此，更有好诗题壁头。

五律·游芮城大禹渡

（2005年6月19日）

盛夏临古魏，肃然谒禹门。
河开天地远，岸辟画图新。
阜高铭勋业，功树报精神。
登高汗如雨，不及王半分。

沧州新唱

（2006年1月18日）

浮阳大地展鸿猷，古意新声不胜收。
金枣香飞云染秀，铁狮怒吼雪翻遒。
千年漕橹摇诗韵，百里舆图聚画楼。
学士惊闻还故里，续编四库唱沧州。

注：该诗获沧州“纪晓岚杯”征诗三等奖。

七律·游武当山

（2006年4月14日）

层层桂殿散琼霄，飞瀑奇松挂壁梢。
金顶乐扬千鹤舞，武峰势抱万山朝。
雪花应伴春花艳，仙境相叠画境遥。
樵道帘开云起处，担夫歇脚半山腰。

竹枝词·武当山磨针井

（2006年4月14日）

莫言高士道行深，铁杵如椽计磨针。
多少世间大道理，由来小处寓精深。

五律·游神农架

（2006年4月15日）

平素仰神农，今临踏彩虹。
架封林岭密，瀑破雪坡青。
云过拍溪水，风扬唱古风。
商家营百草，应是炎祖功。

七绝·过葛洲坝船闸

（2006年4月17日）

百里三峡多几峡，楼船入夜过三闸。
流急滩险随波去，灯虹如海报春华。

五古·游白帝城有感

（2006年4月18日）

花翻古迹新，白日峡西落。
江水暮云封，夔门闸壁锁。
托孤正远谋，治蜀多高策。
历史太无情，不容人改过。

七律·神农溪船工曲

（2006年4月18日）

篙穿溪底桨劈山，势镇长湖破险滩。
纤缆拉弯云侧月，汗流洗净水中天。
豪情雨洒源头处，赤臂风飞画意间。
似观先祖拈髯笑，精神万古有人传。

七律·观三峡工程有感

（2006年4月19日）

高峡筑壁锁云烟，万顷碧波向远天。
聚力成功骋役马，拾级上下贯楼船。
宏图正与国情展，诗意更随画境翻。
倘若银河真有水，也将拿下惠人间。

七律·与诗友夜游白山市浑江

（2006年6月19日）

天上银河地彩河，灯虹入水影婆娑。

近新雨洗平林秀，远暗岚浮画意多。

情侣定格甜蜜夜，参娃透俏幸福窝。

龙舟逐浪雄风渺，靓扮白山唱浩歌。

五律·游白山市有感

（2006年6月20日）

浑江浑似画，楼宇绿云中。

水展盘城秀，山叠落日重。

性天争莽野，诗史震雷钟。

何必寻仙境，神飞禹甸东。

七绝·参观临江陈云故居

（2006年6月23日）

将军大气贯乾坤，四指军旗动鬼神。

领袖洪韬逐九野，还需手下大能臣。

七绝·访临江鸭绿江

（2006年6月23日）

中华高丽一江隔，两岸田园差异多。

但愿山花相映艳，千帆画展竞清波。

七绝·访临江伪满行宫有感

（2006年6月23日）

数亩林园馆一幢，当年闹剧演荒唐。
欲将历史朝回转，哪管伤天助虎狼。

七律·游长白山天池

（2006年6月24日）

天阶百丈上瑶池，联友寻奇盛夏时。
矮壮杜鹃芳雪堰，高长溪水坠云基。
山头十六围湖静，镜面一坪落照迷。
身置空中知月冷，乐迎涌雾雨加飔。

蝶恋花·游长白山

（2006年6月24日）

林海松香盈曲路。溪水淙淙，千里拥拥树。岳桦怪奇高原酷，莺歌雀语浓荫处。　峰峻围湖云掩雾。石雕崖塑，谲诡深峡布。似此家园无二户，东翁莫罪神仙妒。

七绝·长白山岳桦树

（2006年6月24日）

短斜枝干叶稀焦，风剑削磨雪剑雕。
莫笑生出由病态，顽强生命亮层霄。

水调歌头·信阳茗阳阁抒怀

（2007年3月30日）

禹甸人文远，名邑列申城。古今高士云聚，钟乐荡星空。景汇中原秀美，物竞九州丰庶，千里展兴荣。盛世琼阁起，丽影透云层。　拔山岳，揽淮汉，秀寰中。危檐画栋飞彩，远胜广寒宫。梦展豫风楚韵，醉写春花秋月，幽雅透高情。应见信阳郡，神羽卷雄风。

七律·游辽宁朝阳市凤凰山

（2007年7月10日）

岭下笼纱岭上云，镂空天地化山门。
悬崖如挂禅房聚，危塔成骑鹤翼分。
月动凡钟敲寺远，风追碑影探廊深。
凤凰何故迷凌水，古树红绦系客心。

水调歌头·太白山吟（新韵）

（2007年7月）

景汇北南秀，势展太白雄。堆岚鹤起危岭，揽月上云空。雾掩真奇幽秀，霞洗山林水气，雨霁挂崖虹。万物层峦竞，生态各峥嵘。　争千古，铭魏晋，荡空灵。星悬禹甸辉耀，大岳引鲲鹏。隋帝唐宗临幸，诗圣词雄啸咏，妙曲世间萦。花香风送远，日照映天红。

注：该词为“太白山杯”入围作品。

七律·暮登江南长城怀戚（继光）公

（2007年8月8日）

北固山牵古月斜，灯旗侣影绕城堞。
戍楼怀远犹听柝，望孔聚焦正报捷。
入画山河争蓟北，含情草木记邦杰。
戚公喜泣回临海，不做将爷做诗爷。

水龙吟·咏泰顺廊桥（新韵）

（2007年8月9日）

神州胜景如云，廊桥泰顺花尤馥。叠嶂掩翠，回溪展胜，虹楼仙渡。重脊飞檐，堆岩悬拱，莺歌碇步。更连舢百座，虎蹲凤翼，妆乡美，联疆土。　　遥梦当年先祖，斧劈山、谱通天赋。唐风宋韵，神踪仙梦，萦香翠雾。捆月樵担，催星客旅，旌旗破雾。到如今更焕山河异彩，世间夺目。

七律·咏宝鸡

（2008年3月1日）

如绦渭水穿琳琅，画境天开亮陈仓。
川岭风拂多古韵，文章日拢数发祥。
煌煌韶乐歌难尽，灿灿华图展未央。
自信神鸡方振羽，尽将九野散霞光。

七律·至汉寿怀屈原

（2009年3月22日）

楚辞万古荡国风，渔鼓龙阳壮太平。
沧港风耽吟啸影，雪峰云立仰瞻情。
韵翻时雨千年秀，梦幻朝霞百业兴。
波涌洞庭浑似雪，疑与屈子唱和声。

七律·夜访南昌秋水公园

（2009年5月20日）

谁顺星河落九重，赣江两岸幻霓虹。
乐泉欢快云天舞，花树婆娑岸路拥。
入梦阆苑人左右，随心日子画秋冬。
落霞孤鹜应飞远，不尽新潮壮史空。

七律·登滕王阁

（2009年5月21日）

欲同仙子月下逢，直上宏阁破云层。
金顶势开秋水阔，雕梁色卷落霞明。
柱撑青史联盛举，钟存华韵重和鸣。
休道唐来无妙笔，黎元心语即绝声。

七律·游清东陵有感

（2010年8月25日）

名峪马兰秋色微，穗红果艳斗芳菲。
明楼势借云上下，华表光追月盈亏。
为免君王留憾事，须将地阙储余威。
崇陵厚葬何隆赫，却是高标引盗贼。

七律·赴重庆过巴山

（2010年10月26日）

铁龙高速过巴山，多见隧岩少见天。
秋雨追车听夜话，寒云凝脂恋乡关。
千年诗韵溪河下，万户生涯岁月添。
已见熏风沾僻壤，华林饮露待阳丹。

七律·观重庆朝天门夜景有感

（2010年10月27日）

春色夹江破夜暝，高低错落染霞虹。
长桥近月横奇彩，画舫拖光引幻龙。
味透火锅香九域，歌圆古曲上三星。
船工虽老身犹健，夜话围炉抚纤绳。

七律·走邓小平故居青石板路有感

（2010年10月28日）

水有源头树有根，雅幽园路起风云。
石藏华夏千秋梦，质载红车万里轮。
步步向前容起落，方方贴地化晴阴。
我临此路心寥廓，岚彩相牵是后尘。

七律·游重庆红岩纪念广场有怀

（2010年10月28日）

我到红岩心欲枯，当年禽兽似蝎毒。
谁嫌自已头颅贱，我谓先驱志向殊。
胜利已经留代价，江山正在起宏图。
秋风寄语经营者，莫让屠夫笑声出。

五绝·三亚观海

（2011年8月6日）

海天容万物，难比阔心胸。
因有无名火，怒潮日夜生。

七律·由北京飞三亚有感

（2011年8月6日）

扶摇直上日头西，渐近灵霄凡境离。
平起雾烟延北域，堆积雪冰作南极。

乌云本是白云厚，空海宏观大海奇。
桑梓渐渐离已远，聊将凡体做仙驱。

七律·访涿鹿三祖堂

（2011年10月13日）

重阳花草倍精神，西渡桑干访始尊。
绿饶明堂宏岭岳，云环巨塑壮古今。
中华崛起合符日，东土铺陈汉胄荫。
黄帝城中秋色美，果妆玛瑙谷妆金。

七律·乘飞机赴厦门越云层

（2012年7月26日）

巨鹏舒翼近星辰，不是神仙亦驾云。
雪域莽原连海岸，雾凇堆絮胜石林。
逶迤万里银物象，依旧四时玉乾坤。
天路宏开通寰宇，天边淡淡嵌冰轮。

七律·游鼓浪屿有感

（2012年7月30日）

花园里面有花园，珍木奇花荡雾岚。
浪鼓琴声扬海外，岩叠梯座上云间。
硐楼锈迹当年梦，街巷时风游客欢。
按剑郑公瞻万里，气压河汉护国全。

七律·登鸡鸣驿城

（2012年11月19日）

城堞如釜燃夕阳，叠列云房显沧桑。
古驿砖雕圆梦旧，戏楼灯彩社情张。
山石高大露筋骨，田野不平坦腹膛。
快让雄鸡催奋起，炎黄儿女共帆扬。

七律·赏蔚县窗花

（2012年12月20日）

农家光景日渐红，镂月裁云化锦屏。
工巧宛如精玉作，景奇只似泰山行。
无情岁月鲜留古，寻梦文章细注明。
紫塞若无秦时月，九天之上憾多星。

七律·参观广州长隆野生动物园

（2013年6月7日）

动物羊城成世界，逍遥自在原生态。
火车洲际作穿行，幼崽暖箱延血脉。
结对虎狮现势雄，成群鹤鹳捕食快。
乐园只是少天敌，美好生活源赐赉。

七律·游集美怀陈嘉庚先生

（2013年10月30日）

海风缕缕带怀思，白鹭声声唤故知。
雕画犹存弄潮意，楼堂高挺挽月姿。
兴邦自古多铮士，圆梦优先健后嗣。
大业大德谁可比，亦贤亦圣列仙池。

水调歌头·北固楼抒怀

（2013年12月2日）

万里长江下，北固助神雄。滔云连亘千里，浮起广寒宫。势展重檐滴翠，基挺清岚出岫，钟磬卷涛声。京口新佳构，瑰伟破空蒙。　　集多景，织绿韵，述源踪。危楼雄立千载，岭岸耀霓虹。梁帝登高点萃，骚客临风题壁，古甸唤群英。应见稼轩立，泪眼笑国兴。

七绝·游孟姜女庙有感

（2015年8月8日）

不列禅宗不列仙，人临古寺把情燃。
黎元谁个忘怀国？民瘼从来大过天。

水调歌头·咏秦皇岛

（2015年8月6日）

千里燕山壮，势挺老龙头。宏开画境仙境，青翠掩华楼。霞染斑斓山岛，雪滚连绵沧海，灵羽信天游。一曲淘沙浪，新纪展鸿猷。　　帝王幸，民女怨，志工求。先贤山水遗爱，黔首焕金瓯。不论求仙启碇，更有登临啸咏，往事淡春秋。今我琼瑶梦，秦岛正风流。

北戴河

（2015年8月8日）

一曲浪淘沙，韵花香万古。
楼樯展画新，鸥燕抒情舞。
游乐慕秦皇，踏歌迷魏武。
秋风今又临，航正催金鼓。

水调歌头·咏湘西

（2016年8月28日）

画展山川秀，仙境亮吟眸。风花雪夜绝景，花气逸神州。更有古城神秘，旋将扁舟激荡，韵味世间殊。莫道武陵远，鹊喜报枝头。　追青史，圆绮梦，上层楼。银饰思雄更美，歌竞土家畴。远去西风瘦马，换却平阳大路，帆正下龙舟。我愿生灵羽，人海作遨游。

凤凰台上忆吹箫·大境门

（2017年7月10日）

余艳荆蒿，天高气畅，虽值盛夏闻秋。平揽处，关垣兀立，势扼咽喉。跌水花亭城外，向北域，桥路穿畴。皮都盛，店铺羽鳞，洋水欢流。　戍堡雄风依旧，曾记起，狼烟鼙鼓酬仇。旷空处，羊茶互市，西口情悠。更令延安第二，降龙虎，伟业隆修。登临处，画展更艳吟眸。

游太行水镇

（2019年9月13日）

中秋追月易湖旁，瞬入山乡又水乡。
市井时兴含太古，风情本土间他方。
百家高厦楼台会，高调甜音河北梆。
天上人间孰能比？熙熙聚此乐农桑。

注：该镇在河北易县安各庄水库附近。

翡翠城访诗友（通韵）

（2021年4月27日）

抬眼关山低眼湖，海棠花海郁香扑。
门开画野风敲韵，床展云天月闯庐。
古道情延千里马，官厅梦附五车书。
群楼又起工杂乱，可比诗棚叠架无？

注：该地位于河北怀来县东花园镇南。

三 花满京华

密云水库游泳（古风）

（1968年8月）

坝上衔山数百程，坝下腾浪千条龙。
接天水阔堪击水，万顷波连好铸铜。
虽在浅池有安逸，那如深浪迎险行。
志存远涉登绝顶，耿耿葵心向日红。

怀柔箭扣长城摄影采风

（2003年4月中旬）

门前紫塞入云翔，坡上桃花满目芳。
山野人家玩点酷，断崖夕照聚春光。

七律·新朝阳　迎奥运

（2006年4月7日）

兴旺京华靓北东，林稠景丽荡和声。
工雕雅宝娇金盏，业立垈头壮劲松。
奥运已行国是雨，福娃漫卷社区风。
文霞画彩八方聚，同舞中华盛世龙。

七律·莲花池咏荷

（2006年5月30日）

辽金旧韵靓京华，百顷篷罗动碧纱。
香气随风追素月，红云戏日闹朝霞。

车龙楼海清幽展，堤柳丘亭散乱夹。
王冕苏公天外至，寻芳何必到天涯？

七律·游古北口长城

（2006年7月19日）

雨霁雾云沾戍楼，青山镇水影如眸。
杂花散漫玲珑院，曲径沉浮翡翠沟。
应见风烟逐历史，细将关隘辨从头。
男儿到此腾热血，恨取长城作吴钩。

七律·登前门箭楼

（2007年5月2日）

盛夏携孙登正阳，扶栏凭壁对参商。
雉堞如锯截青史，画栋飞虹壮帝邦。
连云嫩柳和风软，绕雾宏楼画境长。
王气臣功今何在？华窗如镜照兴亡。

七律·中山公园采风有感

（2007年11月11日）

西风连日下京华，装扮园林似染霞。
蓊郁彩菊香社稷，深青金水寄天涯。
亭台犹记前朝事，松柏难离故土花。
欲问当年兴国寺，远方响起《嘻唰唰》。

七律·访香山双清别墅

（2008年10月7日）

寒山梦醉叶初红，结队游人觅双清。
藤椅花亭遗往事，金钟岩寺荡洪声。
莫轻静翠池波浅，却卷秦淮画舫空。
领袖雄风今何在？神功再佑巨龙腾！

七律·陶然亭

（2010年5月19日）

未得仙气未皇封，城市园林悦众生。
堤岸歌推湖浪涌，窑台画染柳梢青。
百年风雨无全记，九域岚霞靓九亭。
评梅君宇今安在，快圆前世不了情。

浣溪沙·游金海湖有感

（2010年8月17日）

画舫如犁卷浪长，碧波如酒荡桃香。青山有意挽长廊。　　翠岭如湖湖似岭，网箱错落向前方。人间却是大笼箱。

五律·游京东大峡谷

（2010年8月18日）

谷深展幽胜，溪导画中游。
树挂千层暗，猿翻一涧愁。

龙潭着墨色，云瀑下崖头。
小莺如待我，余兴作讴吟。

五律·初秋游京东大溶洞

（2010年8月18日）

古梦千年冷，悠游裹毯毡。
犬牙悬帐幔，春笋起沧田。
舟动波扬暗，花开萼似磐。
或听石兽语，欣甚见新天。

七律·雪后乘动车自延庆赴北京北站

（2011年2月26日）

铁龙轻快越关山，似在南极做贯穿。
原岭起伏如涌浪，树石拥凑俱沾棉。
车离紫塞锋分玉，窗采白云梦簇寒。
风光如网心过滤，仙境之中作涅槃。

游北京丰台园博会

（2013年5月29日）

永定河边园套园，奇石画栋势接天。
万方佳构排仙境，千载奇思报玉田。
和风细细衣襟绕，紫雾浓浓山野连。
一自金龙蟠玉柱，林楼处处似阆苑。

七律·谒朝阳东岳庙

（2013年5月30日）

古木森森荫庙庐，千年道场济洪福。
碑石洇染家国梦，塑像飞扬劝导图。
应见祥钟敲盛世，犹征信众演民俗。
山门有路通天下，彰显中华立世殊。

望海潮·情逸中轴线

（2013年6月6日）

京华形胜，千年风韵，涵新追远中轴。钟鼓断云，重楼揽秀，煤山势探斗牛。胜景望中收。更连幢殿宇，画展吟眸。商厦如林，知名字号响全球。　区间映缩神州，历盛衰荣辱，志士躬求。沾血铁蹄，朝门易卫，情牵多少恩仇。国戏荡金瓯。有当当震宇，车启鸿猷。圆梦今朝，看吾辈破浪飞舟。

注：该诗作获北京中轴线征诗二等奖。

七律·怀柔黄花城

（2013年6月18日）

满眼栗花泛玉波，长城水下护银河。
折叠山岭黛青染，罗布人家红紫奢。
古道时新追远梦，黄花色艳掩金戈。
长沟彩串迎宾院，香气和云放浩歌。

七律·卢沟桥

（2013年7月31日）

人到卢沟心底沉，深辙晓月断车轮。
石狮坐卧难留梦，桥孔淌流纯写真。
风上太行清雾远，霞飞永定满园新。
天桥几座车流滚，碾碎天狼觊觎心。

望海潮·夜游什刹海

（2013年9月6日）

岸凝霜彩，水张星宿，波光摇动霓虹。丝乐半扬，人流涌注，斜街店铺通明。银锭聚游踪。更闲移画舫，影动金龙。楼舍参差，重回旧世老北京。　和风细数流萤。记联排十刹，暮鼓晨钟。樯橹汇集，漕粮卸载，柳荫下车马横。王府演衰荣。惯酒旗阵列，画写名伶。今日龙兴，万家灯火向天明。

五古·夜游什刹海

（2013年10月2日）

夜舟游什刹，孙女充舵驾。
眼看要撞桥，赶忙吆她爸。

题燕栖湖

（2015年3月5日）

鹤雁流连处，碧波簇画楼。

风和春色雨，霜意彩霞秋。
会佳围元首，声雄荡五洲。
仙乡原在此，豁然亮吟眸。

忆雪中游陶然亭

（2015年11月22日）

湖笼烟霞山笼云，漫天飘舞杏花魂。
寒枝厚厚披棉絮，游艇排排砌瓦银。
万杆笔描霜月夜，四周风动雨丝音。
楼台似入仙乡里，花伞相机乱游人。

游故宫有感

（2016年3月20日）

层层宫殿层层墙，宦卫层层囚帝王。
脊兽瓦黄洇露泪，鼎钟铜绿掩风霜。
几多戏剧朝堂演，历代精英志气藏。
游客万千寻史迹，宜将清梦振国邦。

纪晓岚故居赏海棠

（2017年10月2日）

山林里面太平常，在此却随名画藏。
根入厅基连液脉，花沾才气秀华光。
叶枝如伞露金爽，风雨涮屏华玉香。
我到庭园沾凤藻，心随流韵向八方。

水龙吟·永定河抒怀

（2018年11月15日）

大河脉动神州，桑干壮写丹青谱。高原披彩，太行映日，官厅拢雾。泽润京华，铺排津甸，琪花佳树。更繁荣两岸，明湖珠串，桥虹起，楼霞布。　永定千秋碑竖，挺英雄，复兴中土。阪泉合帜，塞城攻守，马茶交互。百战驱妖，红旗星耀，山川龙舞。正应时筑梦，凝心似水，扬旗擂鼓。

访周口店遗址博物馆

（2019年9月20日）

文记仅千年，梦遥凭考古。
洞存原数据，影追生豹虎。
珍宝影踪无，炎黄心肝堵。
迢迢追索路，终靠国强富。

访爨底下

（2019年9月21日）

山里石头挑大梁，石头上面盖石房。
石崖斜上云松美，石板通连古道长。
如宝奇文传后世，流虹灯盏耀华光。
千支画笔存碑记，清爽秋风壮太行。

再访仙人洞村有感

（2021年3月12日）

军都脚下亮吟眸，网讯官宣上热搜。
联墨门墙添喜气，园林禽羽放歌喉。
兴邦必备锦囊计，展业难能孺子牛。
明帝游仙全到此，也将龙眼鼓成球。

注：该村位于昌平区十三陵镇，首都首个楹联文化村。

水调歌头·韵壮房山

（2021年4月5日）

太行余脉处，瘦岛故家园。水清山峻，温润雕玉壮京盘。千载燕都诉远，一脉金陵记盛，古洞探人源。松下访师问，已是页新翻。　苦吟事，圆故里，盛名传。文风烈烈，调配华彩染霞丹。堂上强音举世，诗会新星聚美，圆梦太平年。同是推敲者，椽笔写新天。

汉宫春·史家营抒怀（通韵）

（2021年5月）

画里人间，看太行余脉，醴水巉岩。香云涌动，雾笼古刹神坛。珍禽唱和，草林丰，老矿石斑。追五岳，朝临老子，圣莲旧貌新颜。　遥忆抗倭烽火，赞平西立帜，荡寇锄奸。秋林铺中朗月，壁垒如磐。军民鱼水，瑞云红，霞染河山。逢盛世，添花锦上，正圆梦鼓云帆。

四

画展家园

（一）综合

延庆新景

（1979年5月）

天翻地覆庆升平，延州难辨旧时形。
颓墙断壁成马路，新舍高楼起新城。
非晴妫水飘彩带，入夜人间闪皓星。
更喜北山添美景，千军万马引白龙。

蝶恋花·永宁路上

（1984年10月）

昨夜浓霜消碧树，片片落蝶，砌就黄金路。风送彩秋又一度，苍山澈水依如故。　　入眼仍为昨日物，游子回乡，却道天翻覆。再过流年三十五，今时能辨多少处？

缙山春

（1990年4月）

开罢山桃杏李轮，群芳次第显精神。
东风自会当提调，装扮三春日日新。

延庆风光（六首）

（1992年9月）

八达岭长城

碧浪连根六百程，长鞭不着自飞腾。
随行多少风流客，直上扶摇九霄宫。

玉渡山

草密林深树绕藤，山风静谷敲磬钟。
溪流自作清高客，不许凡尘落水中。

古崖居

何代古人觅太平，悬崖之上寨盘营。
留下多少黄金梦，招惹后人费猜评。

大秦铁路妫河大桥

丽日风和百草青，妫河上边落长虹。
当年测绘出偏误，定是天梯搭月宫。

康西草原

山摇水影草摇风，骑手扬鞭远嘶鸣。
相聚敖包吃野味，耳边萦绕绰尔[①]声。

①绰尔，马头琴，蒙古语称为绰尔。

龙庆峡

舟惊水影乱峰群，百转峡江布迷津。
怪树奇石叙神话，爽风清气满胸襟。

延庆欣逢世纪春

（2000年12月）

山川亮丽馆楼新，延庆欣逢世纪春。
峡谷琼园飞异彩，关河玉树透精神。
华光艳照丰收里，喜气香扑富裕门。
斗转更添兴旺景，文朋雅韵动花神。

鹊踏枝·观鹊

（2000年12月）

连日来，万只鹊鸦云集于二小院内柳树枝头，延庆生态，可见一斑。

会罢鹊桥寻生济，翼展千畴，万羽妫川聚。寒柳枝插墨菊密，唤醒雀鸦同嬉戏。　你唱我应多亲昵，笑问精灵，何事天天议？“此处山川忒美丽，佳音为报新天地。”

延庆新景

（2001年12月）

依旧妫河水向西，风情大变近城区。
乔迁少有四合院，喜庆难寻八六席。
百处景观山野秀，万条霓彩道桥奇。
驱车一溜三环上，却见满街跑板的。

注：板的，又称板车，即出租脚踏三轮车。

水调歌头·延庆杏花春

（2002年5月）

延庆群芳秀，最酷杏花春。万树枝吐艳，装扮地天新。山野如披霞锦，香引蝶蜂竞舞，细雨染红林。更有缙山下，花海涌岚云。　拥关塞，扑峡谷，闹河滨。相邀桃李樱柰，韵醉踏青人。昔日辽金御苑，八景古城烟树，犹有故风存。李杜仙游此，举酒忘倾樽。

注：该词获延庆县第一届“杏花春”征诗一等奖。

延庆杏花节踏青

（2003年5月14日）

董林京北火繁春，疏作堆霜聚作云。
枝跳红光翻锦浪，蕊弹酥雨散芳雰。
山河盛扮情飞远，雅意写真业敬勤。
快点牧公发伊妹，妫川到处杏花村。

注：牧公，杜牧。伊妹，指电子邮件。

七律·妫川绿化遐想

（2004年4月6日）

几疑仙子显神威，惊见妫川遍锦菲。
岩壁溪流瀑乱泻，沙滩阆苑露香围。
功成荒野情难尽，心伴神舟计远飞。
不是中秋还把酒，环形山上绿云偎。

七律·延庆追春

（2004年5月）

蓦见黄鹂唱柳荫，驱车去拜杏花神。
山南雾聚迷鹰眼，川北霞飞醉水音。
应料流光不待我，何妨扎野早迎君。
得亏蜂引缙阳后，一按咔嚓锁帝春。

沁园春·今日妫川

（2004年9月25日）

百里妫川，水秀山清，好景亮园。看雄关紫塞，游人汇注；幽峡碧水，笑语催帆。马路虹积，高楼屏聚，白雪春风画意添。垂夜幕，赏平湖荡彩，仙境人间。　宛如一页新翻，伴禹甸，升腾红日悬。以康乾盛世，难于匹比；明昌禁苑，羞与同弹。李杜亲临，捻髯长叹，自恨早生千百年。须知晓，再星移半纪，又是重天。

水调歌头·妫川初夏

（2008年5月25日）

桃杏香氛远，山野绿云腾。枝头柳锦零落，布谷唤声声。碧水衔山摇翠，禽鸟织巢圆梦，船橹荡荷风。庄户田歌起，禾队列葱茏。　关山秀，幽峡静，广原青。风光如画如绣，丽景引宾朋。追远流杯行殿，登顶老林故垒，爽气畅心胸。延庆宜居地，月姊下蟾宫。

沁园春·延庆绿化

（2009年7月中旬）

夏日妫川，满目葱茏，到处爽馨。看河湖宝镜，积清流翠；滩涂阆苑，蓄锦铺茵。孕秀杂花，争鸣翠鸟，一片生机天地新。圆画境，引游人墨客，寻梦登临。　　江山有记殊勋，忙碌影、甘辛播绿人。志凿岩舒碧，稳沙固垫；生津客土，引水涵根。画展宏图，情催澍雨，巧使机谋土变金。从兹后，让轻飔澧水，直下京门。

七律·妫川暮春

（2014年4月29日）

次第百花落锦菲，妫川山野绿云催。
芦芽盈尺榆钱老，杏子穿珠柳絮飞。
多少晶棚藏企冀，旧新乌燕唱轮回。
楼堞如栅不拦月，只把新容揽臂围。

桂枝春·观长城铁花

（2016年7月8日）

春开夜幕，看万道霞光，披洒一树。无数流萤飞起，化成花束。飞轮转动金龙聚，月初升，戏银波舞。熔岩喷溅，陨石雨汇，上元重度。　　漫道是仙人幻术，系五色石红，女娲天补。八卦丹炉倾倒，炭飞何处？却原来弄潮人在，此乡间，艺高伏虎。世园添彩，燃情冬奥，亮妫川路！

雪中乘公交赴京

（2017年3月24日）

山着银甲树着霜，绝胜春花气礴磅。
窗映玉蝶欢玉宇，车冲梨苑远长廊。
鸣禽歌度游仙梦，紫塞神飞皓月光。
一路美图收不尽，只发微信五三张。

丁酉年春妫川赏杏花（三首）

（2017年4月）

井庄

山间降雪太离奇，有地成堆有地迷。
色染霞云疑画内，香逐翅羽过沟西。
杜牧何须童子引，董公长叹自林稀。
如兹宏盛心潮涌？点赞家园壮业基。

香营

山川百里布霞云，浓淡相宜画彩分。
迎客斜出拦曲径，停车快闪亮清痕。
香扑佛顶泉流爽，波动东溟浪涌频。
谁见园花扑满眼，杏花延庆最来神。

古长城

霞满坡梁香满怀，春来燕岭大铺排。
后擎红豆先凝雪，近是寒梅远飞白。
流韵磅礴拥古塞，断崖浪漫起云台。
快门频闪收难尽，只好蜂车滚滚来。

妫川秋晚（新声）

（2017年10月30日）

蝶英满眼落窸窣，溪水潺潺唤玉壶。
霜把绿浓刷句号，风将清爽画新图。
宅人莫错黄金季，寒室应添取暖炉。
你看健儿冰雪控，海陀试羽志踌躇。

高阳台·延庆重阳览胜

（2018年10月17日）

原野铺金，絮云断雁，妫川灿烂芳秋。菊锦腾香，霜林亮彩连畴。海陀笼雾初堆雪，镜水蓝，霞染堞楼。景相交，百里风光，画意难收。　明昌故地今翻覆，任秋风明月，尽惹乡愁。黎庶欢心，健身歌舞悠悠。万国佳艺争焦聚，看健儿，亮羽云头。引吾侪，置酒登高，一畅吟眸。

妫川暮秋

（2018年11月10日）

山露真容树露筋，坑塘浅岸镀晶纹。
芦花点赞黄金甲，荷叶推销八幅裙。
风扯长桥飞绶带，霜封古塞少鸿吟。
时今已是秋收过，多见繁忙筑梦人。

与政协诸委员赏农场郁金香

（2019年5月7日）

妫川自古善包容，引自西洋共茂荣。
种类繁多均尚品，香岚馥郁上云层。
波翻夕照千叠水，地落朝霞万道虹。
装点家园别样美，赞襄盛会乐宾朋。

鹧鸪天·世园会

（2019年5月11日）

海市蜃楼脱幻精，万方美景汇一城。田天山起蓬莱境，妫汭湖掀太液风。　花世界，艺图腾。游人如在画中行。贵宾国首临福地，京北升腾世纪星。

延庆邂逅世园会（古风）

（2019年6月17日）

延庆史来最荣光，世园盛会亮一方。
天下园林汇于此，万国园艺竞琳琅。
妫汭河超瑶池美，广寒宫输岭天皇。
五洲芳草翻花海，古今珍宝列楼堂。
色彩分层光影动，音乐流泉声琅琅。
候鸟育雏寻佳地，绿水华林做家乡。
举国之力办盛会，国首亲临做赞襄。
多国元首瞻盛典，百万嘉宾做游方。
园艺融入大自然，自然尤其动心房。

天天都有新展示，处处都见匠心张。
世园凸显高大上，延庆美名天下扬。
人人争做东道主，耕织世园花艳芳。
动迁谷营李四庄，舍弃小家助国邦。
工期紧迫工程巨，修路修渠配管廊。
志愿团队成时尚，服务游客保安康。
不分妇女和老人，延庆乡亲响当当。
演员观众出现场，随时到场不走样。
里面亦有小学生，旱船竹马舞宫商。
捡拾垃圾护道路，世园知识进课堂。
热心游客在本地，通票游园更便当。
适时抓拍全过程，日日取景数万张。
更有知性侠义女，分门别类做收藏。
延庆邂逅世园会，人人助力旺家邦。
世园不止在世园，延庆全境做馆场。
村村洁净景色美，处处山野好风光。
民宿接待近千户，民风民俗演沧桑。
更将生态强保护，万亩新林汇海洋。
延庆得益世园会，世园欣在延庆乡。
世园激励延庆人，文化文明层次上。
世园美展大中华，世界发展有方向。
长城脚下世园会，建国七秩增彩光。
我是一个延庆人，应为世园献力量。
我遇世园情激荡，陋笔涌动满庭芳。
我遇世园情激荡，陋笔挥洒满庭芳！

满庭芳·北京世园会

（2019年6月18日）

朗月含香，清风染翠，宏开阆苑千重。梯田叠彩，树木乱云峰。汇聚宇寰精粹，伴韶乐，泉耀霓虹。回眸处，万国佳艺，奥妙隐其中。　地球堪重负？难平战火，资用将空。系聪慧，方能供济群丛。君到趣园留意，由处处，佳艺神功。寻常见，平衡生态，华夏势腾龙。

中秋游世园会国际馆

（2019年9月15日）

树渐沧桑水渐凉，万国珍卉斗初霜。
瞬时身转五洲景，妫汭波摇七彩光。
不便语言凭哑语，乱调焦距付机箱。
今朝天下孰为美。百万游人到我乡。

海陀冬奥赛场

（2020年1月8日）

雨飞作雪飞，银屑满山隈。
云翻千羽燕，花动五颜梅。
崖岸迎彪客，松涛鼓贺雷。
翩山回望处，书圣笑擎杯。

妫川又见亮桃花（新声）

（2020年3月26日）

动人春色不须多，三几街头动袅娜。
雾里谁将红粉借，月中神把玉珠罗。
刘郎笔下封人面，尚任戏中称义帼。
陆续妫川开画卷，香氛随雨断冠魔。

高阳台·妫川迎春雨雪有怀

（2021年3月1日）

元月应时，情延社火，珠蝶山野屏新。露饱肥芽，红灯镶玉提神。山掀素浪园织绢，塞腾龙，湖面叠银。沐东风，舒展霓霞，壮我乾坤。　琼妆或似当年秀，忆冷冰锁梦，铁甲边人。糠菜村烟，围炉困顿柴门。旗开平北攻云路，我雄狮，踏雪平津。待明朝，鹰卷翮峰，胜友如云！

（二）景观

过九里梁

（1979年12月）

天暗雪稠雾气浓，千坡万树绽银铃。
悬崖百转飘蜀道，陡路几回乘山风。
骄鹰脚下争飞跃，云朵前头竞奔腾。
奋进九梁终有尽，喜望河口稻田平。

走川沙公路

（1982年5月）

百里疾趋县北东，山回水转画图中。
怪石巧借神仙力，彩路因得黎庶工。
苗逢时雨心花放，人有奔头力气生。
点种插禾催农事，天地人同绘前程。

游松山

（1983年10月）

景色天成此处寻，松山避暑最宜人。
清溪乱石花拥路，绿浪凉风鸟动林。
辟地飞来千亩绿，护林留下万年珍。
须惜岭上葱葱木，憾事莫将遗子孙。

注：护林，指民国初年袁湛恩与城北四十八位村民护松山之事。

游滴水湖

（1986年7月）

谁掘天水落尘寰，帽岭得垂别样帘。
直泻银河遮秘洞，横飞碎玉化飞烟。
村歌出没夕阳里，游兴流淌绿水边。
唯有山人福分大，移得美景在窗前。

龙庆峡

（1988年12月）

说是水长不见长，折舟又树绿屏障。
清岚亦会惹人醉，只把峡江作漓江。

龙庆峡冰灯（二首）

（1990年2月）

大地凝寒夜色浓，风光别样古城中。
宝石宫殿飞五彩，翡翠栏杆透玲珑。
水动遥听黄雀语，柳摇暗送杏花风。
早知人世存佳景，何必嫦娥困桂宫。

冠山脚下车如龙，龙庆峡中不夜城。
燕北雄关江浙水，云南石笋桂林情。
迁来玉帝珍宝馆，不让龙王水晶宫。
游罢今宵常相忆，留得朱女说汴京。

注：宋代女词人朱淑贞有“去年元月时，花市灯如昼”句。也有说是欧阳修的词。

登八达岭古长城

（2001年7月20日）

紫塞东来势若虹，桦梁顶上断云层。
危楼承露雄风在，断壁拥荆虎气生。
岁月砥磨飞箭影，山河碑录报国情。
清岚绿雾藏欢鸟，好汉登临送赞声。

缙阳广场

（2001年9月28日）

历代光华黑峪前，元宗礼乐动香园①。
明皇梦洒独山月，萧后夜流杏野烟②。
旧域功开先辈血，新程业照后人肝。
缙阳广场浑如画，仁里高怀醉谪仙。

①元仁宗出生于广场西香水园。
②明成祖北征时曾驻跸团山。旧县地区为萧太后重要的活动地区。独山月夜、古城烟树均为明清“妫川八景”之一。

七律·雨中登莲花山

（2002年3月29日）

山桃锦簇杏藏娇，细雨和香弄衣潮。
林掩仙阁寻圣迹，人攀梯道入灵霄。
风拂莲蕊芳云海，水洗荆芽嫩岸椒①。
亲近自然临此处，纷繁烦恼爪哇抛②。

①岸椒，指岸边小山。
②爪哇，爪哇国，喻极远的地方。

江城子·忆同诗友登九眼楼

（2002年9月）

破云直上火焰山。午风寒，叶初丹。九孔残楼，犹自向青天。三道长城交会处，碑刻语，述当年。　兵工茹苦筑篱藩。汗如泉，血沾岩。险塞终成，伸臂护幽燕。更给江山留盛迹，诗友会，唱新元。

石京龙滑雪场

（2003年1月9日）

冠山脚下起新城，十里方圆种雪坪。
彩服绚丽妆春景，索道绵延上月空。
高手燕翔风浪里，初学禽涉雨泥中。
娱心悦目还强体，好到妫川去旅行。

八声甘州·与北京诗友游妫水西湖

（2004年6月8日）

正五黄六月日高悬。清气爽游船。看涵天碧水，雏鸣丛苇，蜓驻浮莲。两岸林疏林密，花草护台园。更有烽燧古，鹭静鸥旋。　湖水波微述远，记金丞失印，成祖屯边。更覆车土木，太后驾无銮。俱付与，烟云过眼，到今朝，妫野壮人间。均留给，采风诗友，杨柳新翻。

题古崖居

（2004年7月11日）

不是桃源亦避秦，天梯高上采祥云。

烽烟滚滚乾坤转，石室窗前万木春。

七律·再游九眼楼

（2004年10月14日）

险塞经年景万千，晚秋楼冷近云天。
箭窗如镜装川岭，刁斗惊心动宇寰。
多少元戎霜染木，几乎画意雾封边。
长城走线缝南北，华夏百族同月圆。

七律·深秋与友游妫水西湖

（2005年10月18日）

寒波夕照动银金，秋色如烟载九辰。
凫侣惊船扑浅水，牛单啃草散疏云。
绿黄蒲苇堤分岸，浓淡乔丛野隐村。
不是长空鸣队雁，仿佛携友近天门。

七绝·深秋与友游玉渡山

（2005年10月18日）

簌簌落叶震空山，白絮寒林闹碧潭。
莫道秋风多萧瑟，谷清野旷到心间。

七律·香营赏杏花未开时

（2007年4月15日）

杏花如豆点红唇，十里梯坡落紫云。
乘兴蜂蝶争早蕊，调情莺燕送香音。
寒枝点墨堪留梦，疏影含娇最可人。
不为媚俗应炒作，芳华同共俏三春。

七律·游应梦寺遗址

（2007年4月22日）

田园残杏萼流丹，寺院桃花笑正酣。
斜挂山崖云百朵，横出荆蘖路千盘。
古松垂手聆仙语，断壁刻碑溅寇烟。
萧后重归莫寄梦，春风如酒醉妫川。

七律·游玉渡山

（2007年6月）

溪水淙淙出后河，杂花茂树满沟坡。
野鸭湖面母携子，山路林中绿掩折。
风过翻香衣染彩，云封送脆鸟欢歌。
寻幽好似披飞羽，莫把相思寄乌托。

七律·诗人节游妫水西湖

（2007年6月17日）

霭云清爽掩龙船，蒲苇长林间水天。
粉素浮莲仙女浴，高低时鸟劲羽翻。
浪飞画意追诗意，景动今贤壮古贤。
不尽湖光屈子梦，正泼七彩绘人间。

七律·夏游妫水东湖

（2007年7月19日）

东湖盛夏尽婀娜，绿染白云碧染波。
危塔影摇霞漫柳，曲桥香涨露洇荷。
汀前禽鸟成群戏，河堰荻芦绕岸折。
直上轻飏仙界爽，乡思如炙动妫娥。

七律·野鸭湖之夏

（2007年11月9日）

水泓草茂远衔山，蒲帐苇林密如烟。
墨色连云荷艳艳，甜歌对韵鸟关关。
自然风景原生态，多种生灵美乐园。
雷雨一场虹彩跨，野花天地共新鲜。

七律·深秋游妫水西湖

（2008年10月12日）

岸树斑斓似溢香，湖边蒲苇半截黄。
静寻鸥鹭歌飞远，惊见鱼虾影跳凉。
红日沾霞圆画舫，玉台催梦淡仙乡。
江山不会随人老，有意应时巧扮装。

百里山水画廊行（古风）

（2009年7月中旬）

山河岁月记沧桑，素月清岚舞霓裳。
东风秉笔染山乡，白河两岸展画廊。
天池如镜下轻舟，树色湖光尽清幽。
蹁跹鸥鹭歌未休，青云散处现堞楼。
干沟时下沟不干，倒映清波桥道弯。
梳理荒坡翻秀色，大山深处亮花园。
两侧高山尽雄浑，一道中开画境伸。
溪水潺潺陪远近，山花野趣沁脾心。
昆仑虽小九天立，向斜背斜透端倪。
谁凿窟窿高山穷，叠页山岩探月西。
梦魇古松亿万年，化作顽石也问天。
一梦醒来不是梦，山映湖色湖映山。
奇崖突兀挂水帘，溪水潺潺下深潭。
古洞幽深掩清岚，客舍湖光染柳烟。
洪水如雷肯让谁？摧坚拉朽势喧豗。
峡谷乌龙如刀镌，奇壁险石震心扉。

桥平路阔势萦回，路边花草竞葳蕤。
绿色馨风满溪谷，翠鸟珍禽对往回。
百里景观难尽数，朝阳古寺祥光附。
黑白河水汇仙谷，大滩更载生物谱。
路边远近散民宅，高低错落亦成排。
虽未雕梁和画栋，亮瓦明窗畅心怀。
时代催兴世事殊，大山深处有明珠。
石窑古窑新居布，亚似仙境展琼庐。
中心小镇千家店，花园街景一方艳。
小楼门市河两岸，广场市场新容焕。
游客纷来百业兴，农家院外挂红灯。
院亮室雅迎远朋，新蔬浊酿飨温情。
嗟夫，我与农家心相连，愿同农家共新元。
几月不到农村去，农村又是一层天。
百里山水画廊把梦圆，百里山水画廊忒亮眼。
多少人被山水画廊牵，快到百里山水画廊做游仙。

七律·关沟采风有感

（2009年11月）

何故深沟负盛名，七十二景证荣兴。
巨石怀古惊高下，曲路牵泉默奏鸣。
多少精神今仍在，万千志士事难成。
时人不解颠簸苦，独向长城赞月明。

七律·访常里营牡丹生态园

（2010年1月19日）

大棚百栋起连云，国色天香俏小村。
钵里小芽舒愿景，枝头粉蕾送香音。
春光意任秋冬艳，荒野功随日月新。
元帝明君今何在？应将瞠目对乾坤。

七律·参观北京市野生水生动物救治中心有感

（2010年6月13日）

和谐促发展，施惠到鱼鳖。
栖地得关注，水源保净洁。
欲圆生态美，莫教子孙绝。
端午应添义，情关动物节。

七绝·北京市野生水生动物救治中心与动物对话

（2010年6月13日）

水中世界又重天，可有星云可有仙？
灾病如来何处去？今朝可以到人间。

七律·游乌龙峡谷有感

（2010年7月）

黑河震怒如铧刀，凿壁穿岩做堑壕。
瀑布飞流浑欲起，岸礁连远尽来朝。

树分烟雨千嶂绿，花展功德四季娇。
最是栈桥崖壁挂，游人鱼贯串扶摇。

五律·大庄科白龙潭

（2010年8月7日）

洪泻如凿剁，千尺下三潭。
雾掩烽堠古，波扬画彩翻。
岩花掩杰烈，山雀斗丝弦。
潭水如清酒，可以醉八仙。

五律·登大庄科旺泉沟长城

（2010年8月25日）

凉露敷苍翠，秋虫乱碧山。
呼朋寻故垒，寻梦辨残砖。
风送烽烟远，天弘日月圆。
戍人何处去，快至饮甘泉。

七律·初秋野鸭湖

（2010年8月22日）

秋色初临叶欲黄，碧波摇弋荡天光。
荷田箭少莲蓬隐，苇海丛深穗花扬。
野鸭岸边分淡月，寒蝉树上唱斜阳。
游人梦醉官厅畔，不辨山乡与水乡。

七律·咏花海

（2011年7月20日）

翠染山坡艳染沟，菜河欢畅荡清悠。
山花香竞珍花艳，香气掺杂雾气收。
多少琼枝站翠鸟，密稀甘雨画堞楼。
庄户敢调天下美，不分冬夏与春秋。

七绝·观恐龙脚印有感

（2013年6月7日）

叱咤江山数亿年，斗盆足迹刻石岩。
遗留面对应羞愧，何技咱能动人间。

七律·千家店朝阳寺

（2013年7月6日）

石阶通北斗，钟磬伴泉溪。
柽挺青山梦，门涵太古奇。
白云延客梦，清露醒花期。
乡庙风俗特，神仙合署居。

七律·游沙梁子黑龙庙有感（二首）

（2013年7月6日）

最是农家重作耕，一区之内必祈龙。
天封善兽分颜色，庙寓灵神显报应。

诚寄春求风雨顺，殷期秋获果蔬丰。
曾喧人定胜天论，需按自然规律行。

黑河似舞斧凿来，切壁凿岩下潮白。
洪闯万山如雷鼓，泽及万物荡尘霾。
为使龙王行善事，诚修殿宇坐高台。
风俗久远香火盛。游客八方寻路来。

临江仙·甘沟

（2013年7月）

路破重山天洞开，甘沟画展蓬莱。杂花树海锦云裁。明湖平似镜，岸钓伞联排。　旖旎风光真亮眼，画廊仙境初开。奇峰碧水畅吟怀。山深名盛远，车马路边排。

七律·记四季花海模特摄影

（2013年7月21日）

动人到底是花乡，美女琼枝并艳芳。
不住快门心中锁，难得风景画中藏。
香飘四季连天际，富落农家做典藏。
今日深山多幸事，春光闹罢续秋光。

竹枝词·四季花海游（五首）

（2013年9月19日）

刘斌堡赏花

荞花满眼白生生，香花异草映霞红。
军都莫道如关锁，万家寻梦动车龙。

珍珠泉广场

山间亮眼是公园，绿树鲜花满坡田。
溪水曲桥珍珠月，游人哪个不神仙？

珍珠泉夜色

山岭朦胧树朦胧，只余泉水伴秋虫。
不甘寂寞是花草，浓浓香气闹月空。

雾笼珍珠泉

不惯初寒夜沉沉，巨幅纱被苫山林。
揩油花草娇而润，游梦泉溪夜敲门。

花海观景台

绿雾之中竖将台，鲜花如海做听差。
只因颜色太鲜亮，几疑霞彩滚地来。

五律·海陀戴雪

（2014年5月14日）

山亦老龄化，青春扮白头。

银光疏淡雾，霜气暗吴钩。
化雨溪泉下，随风稼穑收。
此时登绝顶，应胜广寒楼。

记深秋访玉渡山

（2015年10月4日）

佳节闹僻野，车驾摆长龙。
虹瀑双叠影，风溪各动声。
霜寒林骨子，霞惰岭岩层。
小坐山亭里，顺邀天上星。

七律·夏都公园赏百合怀大洋彼岸同窗曹武（二首）

（2015年10月22日）

疑是云霞乘月来，万枝千坂作锦裁。
兰花如翼圆钟举，竹叶托群须蕊排。
香满湖光喧雀语，影拥林路向楼台。
秋风携梦呼游子，如送家书到尔怀。

云锦妫川大铺排，片片层层染尘埃。
势报吉祥情万种，神和兴旺画千裁。
冲天香气聚蝶鸟，惬意秋光乐妪孩。
如酒飔风迎客曲，谁人不起梦乡怀。

注：曹武，医学专家，延庆唐家堡人，1965年入北京第二医学院医疗系学习，后留校。20世纪80年代末移民美国。

国庆夜游夏都公园

（2016年10月1日）

岸上联星水串星，路桥楼宇绕彩虹。
华林雾染玲珑树，香气风飘淡雅情。
接踵游人多已醉，翻花鱼崽全半疯。
瑶池如此身仙化，李杜同邀唱和声。

为朋友圈晒海陀雪作

（2016年10月28日）

昨夜秋收累，海陀晒絮棉。
不平东海浪，媲美日国山。
画野知甘露，仙乡灿玉盘。
鹊灵连送喜，明岁又丰年。

季春游世葡园

（2017年5月4日）

紫玉才盈寸，百花结伴来。
奇和星变幻，香借路徘徊。
露动琉璃盏，霞拥孔雀台。
天公初试笔，宏幕正拉开。

游妫州牡丹园

（2017年5月22日）

人追国色到名园，我做游仙到野田。
百亩氤氲开气场，万枝俏丽落云团。
迎风荷箭莺婉转，含露玉碟画斑斓。
能动京城花讯否？天方不会做夜谭。

金缕曲·海陀

（2017年5月30日）

屹立京西北。入云霄，三元并立，拥青携翠。坡岭巉岩堆肥土，草甸山巅毯被。更豪雨，溪流聚坠。春末秋初披缟素，绿托银，富士难PK。滑道下，飞狐队。　　雄姿如哨观兴废。记炎黄，阪泉合帜，古戎茔会。书圣传奇翎羽落，石穴崖排营垒。扫妖雾，英豪先辈。新纪妫川飞异彩，画廊深、花海如霞蔚。迎世界，客宾醉。

东部山区游（三首）

（2017年6月7日至10日）

齐仙岭

绿云山岭漫，再上烟筒梁。
梯道扪魁斗，飕风送柏香。
庄严神像静，寂寞世间藏。
似将残病者，真施解厄方。

珍珠泉

山间天地小，安稳渡人家。
溪水留春梦，卿云涨海涯。
一震泉珠跳，几弯农舍杂。
闷雷惊访客，原是爆米花。

乌龙峡谷

斜阳金粉染，洪水尚混浊。
崖壁曲桥绕，紫荆连岸多。
坐赏云跑路，闲催月坠河。
乡间多雅趣，天籁自笙歌。

高阳台·与北京写作学会朋友游龙庆峡

（2017年7月15日）

仙境闳开，连岩壁立，天光转动流云。如座峰屏，树奇崖外斜伸。更岚气鸽群离岫，磬钟声，敲落星辰。浪花开，画舫飞歌，情醉游神。　看花月景随时变，让明清佳处，古意翻新。石磴腾蛟，高峡长练垂银。琼楼玉宇盈华彩，数寒天，夺胜龙津。试邀来，萧后金章，醉梦难分。

访詹天佑修京张铁路住过民居

（2017年10月22日）

门开揖紫塞，墙矮幸朝晖。
斗室开天远，油灯立影巍。
几多强国梦，方好涨情媒。
今日延昨日，车龙地底飞。

望海潮·访青龙桥车站有怀

（2017年11月8日）

群山如海，长城如岸，车龙穿越沧桑。飞彩站台，描金故事，葳蕤墓塚严庄。路侧信旗扬。道轨挺人字，涵破洪荒。聚仰铜尊，追怀盛举，醒儿郎。　当年国步彷徨。看挺身举业，不让强梁。蹚雪越溪，餐风伴月，巧通天堑如翔。世界诧京张。汽笛如号角，催我担当。今见层岩深处，宏业涨辉煌！

中秋独山月

（2018年9月29日）

春望百花秋望月，玉盘山顶圆天阙。
瑶台百仞俱妆银，原野千畴疑布雪。
风闹霜枝舞粉蝶，岚穿素线迎仙姐。
钟邀成祖做重游，如海灯虹翻永夜。

访西龙湾房车基地

（2018年9月29日）

时尚年华时尚花，如今车驾也多家。
平湖倒映独山月，园囿延留驿道霞。
水荡摇床堪入梦，山如围椅可宽乏。
明皇重返兴隆地，也令舆銮常驻扎。

秋游云瀑沟

（2018年9月29日）

山渐嶙峋沟渐深，景如连剧引游人。
霜做胭脂敷草木，水敲钲鼓对虫禽。
叠岩肌理藏机密，罨画涂层满率真。
我到岭头成一醉，胸空万里忘归心。

木兰花·缙阳杏花节

（2019年4月28日）

别处杏林团雾举，京北却将天地御。山簇雪，送香勤，百里画开云锦聚。　八景缙阳应近眺，声古寺钟邀客到。东风巨作杏花村，装点世园春不老。

望海潮·暮春游白河堡水库

（2019年4月28日）

湖波摇碧，崖牵曲岸，岭拦巨坝连云。浓绿淡红，梨花似雪，岚浮古塞延伸。霞路向天门。侣凫戏湖内，歌漾情真。送暖东风，草花争艳，畅三春。　碑岩忆梦铭文。记奚人夜牧，驿马晨奔。兵甲戍边，群英荡寇，甘流养育山民。拦水聚千军。暗隧穿岭过，宝聚一盆。今日银涛震荡，绮梦壮乾坤。

大庄科旺泉沟长城

（2019年4月24日）

孟夏巡边上翠微，绿林如海间芳菲。
敌楼残旧凝时日，马道依稀向月辉。

欲问烽烟征战事，唯寻关塞记存碑。
不闻鼙鼓和击柝，却送喜音光闪雷。

大庄科龙泉峪印象

（2019年5月24日）

随意圈圈画即成，真山真水赏神工。
溪流蹦跳穿石障，崖壁层叠破云空。
结对禽鸟清音送，扎堆蝌蚪墨液浓。
世园之外世园大，虽是乡野亮网红。

夏都公园赏荷花

（2019年8月）

绿伞连云画展遥，奇葩百万竞鲜娇。
芳凝彩色琉璃盏，势挺高锥水蜜桃。
珠玉圆圆盘上滚，扁舟小小水中摇。
盛妆相配世园美，萧后惊闻故地朝。

注：延庆有为萧太后养荷的莲花池。

晚秋游香水苑

（2019年10月29日）

寒风主调是绿黄，绿为生命黄饰祥。
游船岸列卧牛阵，归鹊声和演武堂。
花作根藏收劲锐，鱼寻窝乐解冰凉。
奋青工后匆匆步，越过虹桥挽落阳。

见夏都公园焦荷有感

（2019年11月11日）

骚客莫悲萧瑟秋，未收秸秆散田畴。
雪中密密箭竹影，风里摇摇草偶头。
犹忆月华牵旧梦，还期朝煦展鸿猷。
年来夏雾笼湖面，依旧霞云绕市楼。

观夏都公园野鸭群

（2020年1月9日）

冰封千里座塘池，水暖精灵果自知。
绿颈苍身陪左右，轻声丽影动虚实。
不随雁阵三秋远，唯伴燕山腊月痴。
我做粉丝长伫立，依然灯火满城时。

春晚游延庆东湖世界地质公园（新声）

（2020年3月30日）

嫩柳摇风水皱霞，灯星石草撒斑花。
车流桥面连飞彩，塔座林间欲笼纱。
曲岸长长云雾隐，曼歌细细场台发。
妫川小景寻常事，不用抖音刻意夸。

晚到香水苑公园

（2020年4月5日）

再到香苑已抖春，地星如海耀华林。
挺身萱草不盈指，炫目桃花自挺身。
虹桥湖里空心月，健体场中画步雯。
小景逆袭人共赏，元宗惊艳欲亲临。

孟夏游夏都公园

（2020年5月15日）

百花秀罢驾回还，水面新荷布玉盘。
雕塑尊尊拥树影，野禽队队乱霞烟。
橡胶坝起泉鸣韵，九曲桥穿路卷岚。
明月夕阳争入镜，游人画里自神仙。

夏都公园赏荷

（2020年6月19日）

仲夏湖中水仍寒，芙蓉浓淡绿团团。
烟波挺竖胭脂笔，碧伞卷杂蓑羽衫。
细赏仙姿逐日变，追思好梦落霞翻。
飓风不久掀罗盖，千百婵娟亮玉田。

夏都公园雨中赏荷

（2020年7月13日）

天水潺潺落苑畴，连天笠伞绿帘流。
仙苞墨饱淋漓笔，玉瓣波摇梦幻舟。
紧慢散珠麻镜面，亮鲜绣锦挂云头。
殊情似醉游人步，一任清霖乱画眸。

赏夏都公园玉簪花

（2020年8月21日）

香似玫瑰白似梨，林间湖岸布绫琪。
万支唢呐伸梭柄，依次芝麻上节基。
牵菊挽荷凡境美，醉霞摇雾洛神移。
谁施法术成真玉？共亮女妍珠玉奇。

望海潮·中秋独山夜月

（2020年9月30日）

月圆山顶，流云浮浪，洒泼千里光华。林木刷金，泉河耀彩，琼园银路穿插。香气动黄花。五色亮川野，满目清嘉。果饼盈桌，酒肴罗户，动琵琶。　光如水物披纱。北狩屯劲旅，明祖勘崖。州县置延，岚芳古刹，诗应八景酬答。钟韵荡流霞。今新时旺景，画谱川峡。菊酒重邀罗赵，豪兴颂新家。

注：清嘉，美好。“明祖勘崖。州县置延”，指明成祖在此驻跸登临，恢复隆庆州，新置永宁县，县设山下。古刹，指辽代山上有夜月寺，后为奶奶庙。罗赵，指恢复隆庆州的经略赵玭和永宁知县罗存礼，均有咏独山夜月诗作。

夏都公园早春晚照

（2021年3月7日）

雨雪蹒跚去，冰河正涅槃。
寒林盘岸动，荷阵曲桥宽。
多少侣凫远，飘摇绦柳欢。
斜阳操快闪，光影俏人间。

暮春游夏都公园

（2021年5月1日）

桃李如珠海棠鲜，零星荷角竖船帆。
芦芽曲岸两三尺，萱草连坪万百攒。
夕照播金湖面闪，东风催艳画中欢。
佳节一幅和谐景，园丁补绿树荫间。

观下花园大面积郁金香有感

（2021年5月4日）

百道霓虹布锦纶，清香细细沁天云。
枝枝向上琉璃盏，片片斜飘翡翠裙。
巧展名园留妙景，平窥异域聚祥林。
游人个个手机控，直面芳颜响快门。

夏都公园观睡莲

（2021年6月8日）

荷叶多多盘未擎，玉兰水面似罗星。
琼托广布观音座，翠坂远舒翡翠绫。
应季冬藏深隐忍，追星春暖即发萌。
生机能借天时利，教我身姿要放平。

雹灾后夏都公园见荷苞独竖

（2021年6月26日）

天妒人间美景殊，钢鞭四下扫平湖。
乱撕罗伞披头发，尽陷箭旗滑铁卢。
风浪轻挟红蕊去，云林残落绿蝶铺。
雾中鹤立坚强者，号令重翻锦绣图。

雹灾后夏都公园访荷有感

（2021年6月29日）

狼藉碎绫云乱知，仙躯身挺自痴痴。
满天星掩鱼龙梦，映秀苑追红紫时。
玉蕊亭亭惊鹭影，翠盘浅浅醉萝丝。
萦怀我到忽生悟，犹似当年兴业诗！

雹灾后逢雨霁访夏都公园

（2021年7月18日）

宛若残秋又返春，花娇草茂地天新。

玉盘丛绕尖尖角，荷箭枝扬落落神。

山卷雾云围岸坝，禽鸣滩渚振涛粼。

随机取样即为景，弄巧成回画里人。

（三）乡村

龙聚山庄

（2002年1月25日）

小鲁庄人真叫神，克隆月殿建楼林。
山前辟地添新意，城里迁居做近亲。
萧后醒呆应寺梦①，仙姑喜贺倾醅樽②。
马年将近方家会，同贺小河汇龙门③。

①小鲁庄后山上应梦寺，史载应萧太后梦所建。

②小鲁庄村后有茶壶山。传说修应梦寺时工匠从山下朝上运水，非常困难。一天，何仙姑化作老妇，用高粱秆挑了两壶茶水，让工匠用其施工。工匠们不信，老妇扔掉挑担，腾空飞去。一壶落地化作茶壶山，一壶化作清泉，终年不息。

③党支部书记赵凤利又名赵小河。

一枝花·帮水峪

（2002年8月）

延庆南山坳，傍水风光妙。花家窑岭上，绿云绕。雪掩野长城，皓月斜楼照。小庙①接云昊。峪口卡长峡，雾漫居庸樵道。　　忆古代，几番营造。霜镀敌楼俏。闯王麾，暗越村前哨②。时过驻淳风，巧种田生宝。杏柰桃槟枣③。万树千枝，借好雨，春华竞娆。

①小庙，指村东山上奶奶庙。

②民间传说，当年李自成从帮水峪沟过石峡峪口进入北京。

③该村果品独特，槟子尤为著名。

醉花阴·井庄

（2003年1月20日）

妫水镶边山列秀，马场花间柳。燕羽势接天，寺影烽魂，钟韵应刁斗。　砸旗产时初胜手，二女胡兰又。壮志照英灵，翼展康庄，永续风光秀。

注：寺指宝林寺。宝林钟韵为古永宁八景之一。砸旗产事件发生在民国初年，领导人为柳沟村温克明。二女：指贾桂珍、韩桂芝二位烈士。

沁园春·岔道

（2003年12月）

千古光岚，色染关河，韵壮北辰。看八达岭外，游人潮涌；永安甸内，画栋鳞分。天险沟通，铁流滚滚，高速穿行山绕云。更留那，秋风古意，对酒长吟。　垣堠尚记流荫，曾数代，藩篱护要津。见英宗无主，闯王挥剑；詹公戴月，慈禧失魂。倭寇妖氛，滔天晦日，暴虐焚坑数百人。幸时变，让催春战鼓，声震京门。

七律·岔道

（2003年12月）

冲开锁钥天地分，万里长城第一村。
慈禧英宗为过客，詹公李闯化铭文。
晨钟穆送哀鸿影，古戍频催喜鹊音。
不尽秋风传画意，四时佳景动诗人。

井庄凤凰城

（2004年3月12日）

百代风云转瞬过，乡风古韵起新波。

蜂拥宴客辞楼馆，挤爆农家火盆锅。

注：凤凰城为柳沟村。

五律·访茨顶

（2004年5月底）

骋怀存久远，云里现桃源。

村绕青峰秀，路拥野草鲜。

岩松风染翠，兔雉岭添欢。

锄地八旬老，吃茶让再三。

注：在千家店镇花盆地区。

满庭芳·康庄

（2005年1月26日）

古镇生光，丛楼旺市，繁华亮丽一方。霞飞古驿，湖水跳金光。野鸟欢嬉浅水，官厅岸，骑手鞭扬。田畴里，风梳绿韵，粮菜果鲜香。　锵锵。明初聚，京张路构，始逸名芳。却其实难副，数历兵荒。乱草沙石满眼，兴隆号，百尺街坊。均翻去，乘云帆顺，鹏翼竞腾翔。

齐天乐·咏里炮村

（2005年10月21日）

山村京北成千万，如此繁荣少见。岭塞南围，绿荫环绕，篱透岚香扑面。街平花艳。伴墩古园新，亮门洁院。采果游春，八方朋友来亲串。　　早先沙草穷乱，用酬勤睿智，岁丰图展。垫道诚石，温心热土，业景声名逸远。前程无限。惊陶令来朝，捻髯长叹。如此风光，桃源输太远。

五律·赞里炮红苹果

（2005年10月27日）

霜重清山野，灯笼万树星。
肉争千品脆，色采九霞晴。
挥汗香甜雨，开心聪慧风。
慕煞王母会，直改宴桃名。

七律·与延庆诗友赴松山大庄科采风

（2006年6月10日）

野山五月绿云翻，鸟脆蜂忙闹岭川。
九曲山溪流翡翠，一棚柴径走蜿蜒。
乡风会贯香风远，话境追随画境翻。
佳景欣招人共赏，新糜浊酿似神仙。

水调歌头·咏张山营

（2006年8月18日）

盛世兴边僻，西北望京门。绿云湖畔浮动，香艳抱村新。胜景联珠焕彩，佳果垂枝漫野，十里绚楼林。兴旺海陀下，倾倒四方人。　沐花雨，吟静谷，畅怀襟。炎黄争战融汇，羽落起八分。黔首耕耘沃土，义士驱除妖孽，气正化千钧。今步阳关道，续曲荡乾坤。

注：羽落起八分，指王次仲创八分书翮山落羽的故事。

七律·赴海子口村采风

（2007年6月23日）

栗花坡上乱霜花，五彩圃园堆锦霞。
携子雉鸡耽路堰，含情溪水闹沟崖。
村姑装扮生活秀，乡曲悠扬岁月华。
五月山村闲者少，任由藤蔓串篱笆。

七绝·四海镇下村看演出

（2007年6月23日）

雨后青山万木荣，栗花满眼照郁蓊。
菜河①十里流歌韵，俚曲村村唱计生。

①菜河，指菜食河，白河支流，发源于延庆四海镇。

七绝·题长寿村

（2007年7月）

长寿岭前长寿村，古榆长寿笑白云。

山花欲问何长寿，寿长添酒醉客心。

注：该村位于千家店镇域内，原名为排字岭。

七律·新庄堡杏园采摘

（2007年7月6日）

雾云十里涌波澜，翡翠丛妆玛瑙圆。

风送时鲜翻秀韵，露滴玉润涨甜岚。

雏莺逐妙声高下，优果夺新树顶尖。

应是秋景争春景，游人归梦醉乡间。

注：该村位于香营乡，为华北最大杏树基地。

七律·玉皇庙

（2008年5月28日）

绿障连云掩画庐，民情乡韵似能读。

槐花风送香飞远，玉李雨揩莹过珠。

未尽梵钟敲胜寺，常牵车队穿玉都。

山戎父老今安在？故里速归亮古俗！

注：该村位于张山营镇。玉皇庙位于玉渡山公路起始点。

古风·和谐八达岭镇

（2008年6月28日）

长城万里似腾龙，八达岭为天下雄。

长城仍照汉时月，雄关处地日兴隆。

君不见锁钥藩篱岔道城，古建垣墙现明清。

民家院落飘香气，猎猎旌旗迎秋风。
君不见石佛立坐面带笑，水关焕然迎宾朋。
山村后面添新景，世界建筑汇其中。
君不见青龙桥里山花灿，群山肃穆仰詹公。
君不见阳光山谷马蹄疾，南山脚下矗新城。
镇北杏园三千亩，杏花杏子满山岭。
里炮苹果香飞远，大桃葡萄亦抢眼。
小浮坨村跨大步，百座大棚蔬菜鲜。
村村街道整洁庭院美，花香树茂赛公园。
更有新村程家窑，如日将出地平线。
山乡自古民风淳，新时新风育新人。
石峡峪口梅景田，保护长城年复年。
感动延庆新闻人，老梅高票入了选。
高扬本是岔道女，风格高尚襄义举。
新装连年送儿童，六一增添喜气浓。
社会发展上台阶，干群同力创和谐。
民主决策秉公正，家和方能万事兴。
老有关爱残有帮，以人为本善山乡。
共图富裕百姓乐，农家心底赞国策。
人口育生有计划，优生优育放奇葩。
八达岭镇百业兴，八达岭人立新功。
奥运盛会将至临，中华百年梦成真。
支持奥运襄盛举，为国出力入人心。
古老中华正崛起，世界之林创奇迹。
国家发展势头猛，举世瞩目八达岭。
八达岭下起宏图，小康美景呼欲出。
八达岭人英雄汉，兴国兴家功劳建。

者番我来八达岭，新风新貌撞激情。
家和业兴人欣喜，催我不能不动笔。
相信几年之后再重游，八达岭镇又会上层楼！

七律·赴四海采风有感

（2009年5月17日）

鱼和熊掌可兼得，花气香欢菜食河。
风醉堞楼思绪远，霞沾棚院画题多。
沟坡世凑衣食梦，莺燕今传富庶歌。
应胜御园和阆苑，芳菲四海动仙娥。

七律·四海花田村妇

（2009年8月）

亦是农家亦是仙，散花田野六月天。
衣翻奇彩连枝艳，臂甩清香漫岭鲜。
汗滴点点垂珠玉，笑语声声闹醴泉。
近午朝家手机点，山蔬爽口整一盘。

七律·题八达岭镇

（2010年2月5日）

关城内外展鸿猷，山野连云起宇楼。
景观今古歌迎客，花果鲜香画抢眸。
骏业豪情翻历史，新风时尚上心头。
当年烽火犹重现，却是灯虹乱斗牛。

霹破石

（2010年8月7日）

何代斩昆仑，巨石天外落。
于兹傍岭台，岂肯淹沟壑。
门以近云奇，树由扬善仄。
阶前摆驷车，只为寻清坐。

注：位于大庄科乡，以下两村同。

七律·有感汉钟离慈母川别母

（2010年8月16日）

虽是神仙亦是人，亦由情感亦由亲。
母别儿似心割肉，儿远娘应泪溅襟。
说到天涯留过客，翻为溪水荡知音。
钟离何不归乡里，时下山民画里人。

五律·京郊最美丽村庄之香屯

（2010年8月25日）

崇尚原生态，山乡做故游。
拾级村路窄，绕岭果林稠。
珍鸟鸣溪水，叠房起画楼。
淳风留远客，同共识风流。

七律·初秋访曹官营村

（2010年9月3日）

秋风如酒醉农庄，花毯绿云展画廊。
街侧海棠垂玛瑙，院中奇卉斗芬芳。
憩园三两村内外，新舍几家业罗张。
佳景淳情邀共赏，车龙人众动八方。

注：该村位于沈家营镇。

七律·曹官营村墙

（2010年9月3日）

为保平安高筑墙，民墙世代几沧桑。
夯砸垒砌多花样，砖瓦石沙费主张。
风雨千年逐梦去，果花万树透枝香。
院墙多彩成新景，情趣敢能动秦皇？

七律·咏秤钩湾新村

（2011年7月25日）

树木葳蕤漫岭沟，弯曲山路展新楼。
街灯巧借日中火，夹壁分隔寒气流。
土炕石墙成古迹，客厅雅院亮新眸。
秤弯百姓心装秤，约过福分重几筹。

注：该村位于珍珠泉乡。夹壁分隔，指外墙保暖。

七绝·咏珍珠泉薰衣草

（2011年7月25日）

本是西洋金贵种，山乡落户满田畴。
清香岂止熏衣物，亦染农家日子头。

七律·咏火烧营村

（2011年7月25日）

路满绿荫香透荷，林中翠羽绕新萝。
亭台小坐听蛙鼓，田野遥知荡海波。
备饭先将柴化气，健身常把步圆歌。
新时新念新风景，胜过桃源幸福多。

注：该村位于康庄镇。

七律·珍珠泉新景

（2011年7月25日）

水绕青山树绕庐，清泉欢喜化珍珠。
西洋嘉草连阡陌，本土珍禽入画图。
月辨山河难忆梦，风还田野有奔头。
山乡今日景连景，催动吾侪鼓与呼。

七律·咏玉皇庙

（2011年7月25日）

红灯串串俏山村，绿树花墙街道新。
雨洗庄园庄户美，霞飞田野画幅深。

宴宾豆腐香和嫩，写意民俗朴且殷。
欲问乡耆何富有？玉皇不靠靠国恩。

七律·水峪新景

（2011年7月25日）

整齐院落整齐房，街道整齐花木香。
沼气便当成液化，街灯好使借天光。
墙心彩画如年至，梦里笙歌赞福长。
季季春风拂乡里，我心同起笑声扬。

注：该村位于张山营镇。

七绝·参观簸箕营鲜花大棚有感

（2011年7月25日）

晶殿连云映彩霞，老少门前理卉花。
打包销到东洋去，清香留在我农家。

注：该村位于大榆树镇。

七律·赏黑汉岭鲜花基地

（2011年7月30日）

山是巨龙棚是鳞，周边红紫是霞云。
品奇星采无南北，行远羽飞越埠津。
热汗丰添庄户美，高情艳染六合春。
农家今日真能耐，不侍庄稼侍宝珍。

注：该村位于四海镇。

七律·赏曹官营千亩菊园

（2011年10月13日）

西天云锦落农田，村庄林网染明鲜。
团簇瘦肥极远目，香飞高远化清岚。
蜂蝶近水均得利，宾客闻风各抢先。
试问陶公东篱下，能有此中一角边？

七律·咏小浮坨村

（2012年1月6日）

山村日子火般红，古朴新潮荡瑞风。
花树峥嵘香满道，果蔬鲜亮画入棚，
高升人气前程美，和睦乡亲笑脸盈。
来客八方襄盛举，激情浓墨贺腾龙。

注：该村位于八达岭镇。

七律·咏小丰营

（2012年6月25日）

画楼联栋起宏城，阡陌云飞暗碧空。
仙品渊源可追溯，沃田时尚解阴晴。
常将无害肥浆下，直把藏鲜法宝兴。
大小车辆蜂拥至，神农后裔更神农。

注：该村位于康庄镇。

青玉案·秋到珍珠泉

（2013年9月30日）

初秋先把山乡染，果亮眼溪流缓。霜到花田铺藏毯。珠泉翻梦，曲桥联艳，苍翠扑山远。　　即时美景寻常见，截段风光即阆苑。清静淳风常做伴。引八方客，品农家饭，已做时髦选。

七绝·重访玉皇庙

（2014年11月9日）

不论忙闲不论节，红灯一串向山斜。
树烟飞彩摇霞雪，墙画标新乱蛱蝶。
难忆古戎何处去，常将新梦炕头约。
日中蔬饭香飞远，八方食客笑盈街。

访陶艺之乡

（2015年9月1日）

盆窑庄户道行深，抓把黄泥化作金。
巧手能雕象牙塔，添丁好做女娲神。
老君炉内施真火，聚宝阁中展独门。
绝技如花香海宇，乡风添彩京北春。

注：该村位于旧县镇。

盆窑村

（2015年9月1日）

独山脚下世风殊，绿树琼花掩户庐。
口口古窑藏岁月，清清溪水跳珍珠。
民俗可做香茶品，明月能当版画读。
恰遇小村出大作，江山一幅盛兴图。

忆游石峡

（2015年10月3日）

山断石峡口，秋风洗彩林。
寒封虫鸟翼，高扣月星门。
骡队驮山重，长城映月真。
我随红叶醉，思绪乘白云。

注：该村位于八达岭镇。

暮进石峡村

（2017年5月初）

峪口危崖断，长城绕寨墙。
星光灯影乱，石磊故园傍。
街曲引追梦，花明如覆霜。
仙境引佳客，围桌共举觞。

题四海菊花生产合作社

（2017年5月13日）

花满野山香满沟，路边枝杈跳斑鸠。
连棚碧郁铺苗毯，大地铿锵唱艺耧。
雾动千家清梦醉，露盈四季彩霞收。
菜食河畔春光美，乡恋和风做畅游。

东风第一枝·四海孟夏

（2017年5月20日）

花海香飞，红飘网络，几多为美倾倒。如珠杏子盈枝，连坡芳华争俏。沟溪碧水，汇曲桥，东梁霞绕。秀地美，神力农机，播撒种苗欢跑。　寻胜迹，登高问杏。炉火旺，器刀光耀。九边楼送诗风，古战场迎天晓。重书青史，澍雨润，广发瑶草。迎万宾，游走车龙，穿越梦乡琼岛。

访大吉祥村

（2018年4月21日）

暖风谷雨进山沟，杏李樱梨并亮眸。
机鸣山岭平常事，路畅庄园断续流。
颓壁残砖如扫荡，叠屋架构画春秋。
收拾独栋妇揩汗，笑道农家也要牛！

注：该村位于四海镇。

访小张家口村

（2018年5月15日）

石头院子石头墙，路漫石头向岭岗。
拥翠边垣逐梦古，铺毡花草纵情香。
树荫风起回微信，山谷星明阅锦章。
不尽新时庄户乐，有知五柳亦抓狂。

注：该村位于大榆树镇。

访大胜岭村

（2018年5月17日）

雨后青山翠，明湖亮眼眸。
天门崖壁竖，神庙絮云收。
景新藏故事，声妙跳啁啾。
应见路伸处，迎风起画楼。

注：该村位于四海镇。

访陶艺之乡——盆窑

（2018年10月7日）

莫怪农家今嘚瑟，山村热涌八方客。
窑前雅器藏古风，坡上鲜花沾秋色。
明月难寻昨日天，独山畅洒徽州墨。
乡间不是旧乡村，邀友同享庄户乐。

四秩后重访永安堡村

（2019年2月23日）

地似夹心山似挂，廊庐牌坊松荫下。
岭旁闲蹲伴月亭，沟膛小筑拦河坝。
春风有梦寄霜枝，故里留情成别驾。
我到村中寻故友，微信群发时尚画。

注：该村位于四海镇。

访四海镇郭家湾村

（2019年2月23日）

冰雪留残枝仍干，农宅错落岭坡前。
院堂格竞三居室，翁妪街聊半月谈。
健舞月光移动慢，驱寒电气解饥寒。
燕山任是最深处，也放朝曦亮野田。

访四海镇前山村

（2019年3月10日）

霏霏雨雪俏霜芽，路渐升高山渐狭。
楼墅新兴增几户，门房闲聚斗三家。
为补断片翁妪觅，不须圈粉庶黎夸。
盛情邀我夏秋会，家后房前赏百花。

访四海镇黑汉岭村

（2019年3月10日）

池边老柳演坚强，路畅街新如画张。
坡脚楼墩凝梦幻，墙头文韵俏家邦。
寻奇如进互联网，观景多开百叶窗。
炳焕山河人不老，村头喜聚话沧桑。

访广积屯花菜基地

（2019年5月7日）

亦上餐桌亦乱霞，华光玉露壮根芽。
金钵叶簇芙蓉盏，竹架秧接翡翠花。
品类繁多丰季序，源头不外聚天涯。
晶宫百座连云远，陶令惊临掉下巴。

注：该村位于延庆镇境内。

访永宁古城（新声）

（2019年9月5日）

花见成熟露见浓，公交廿里酬网红。
熙临老肆多京客，环绕高阁列老农。
兴盛常飞谈笑外，满足殊寄卖买中。
清明河上同为画，秋韵春华各不同。

屈家窑

（2020年6月19日）

村小不经传，名头有内涵。
青山围靠椅，黑峪驿行辕。
长盈花果秀，最是厚德贤。
好梦新时壮，家家幸福年。

注：该村位于香营乡。

秋访山底下村

（2020年9月9日）

缙阳山下亮吟眸，列列层层展画楼。
苹果万株玛瑙秀，碧湖一镜鹭鸶悠。
声声雁叫寻原址，点点岩斑记逝愁。
宾客八方争造访，笑同庄户共风流。

注：该村位于香营乡。

（四）题画

七律·咏关沟水关长城摄影

（2011年2月26日）

山花飞雪乱群峰，古塞如裁上碧空。

桥隧动流千载梦，色颜濡染万叠情。

烽火鸣镝遗迹杳，车水铁龙画图工。

春到北国行旅醉，关沟日月特别明。

为王敬东摄影集配诗一组（四首）

（2011年4月23日至5月7日）

五律·夏都公园

秋色临妫水，山河染紫蓝。

飞虹连迥野，画栋展新颜。

叶落胸襟阔，风酣思绪欢。

飞羽谁人借？凌虚赏故园。

七律·赏妫水公园摄影

秋霜初上叶初黄，林隐农家稻麦香。

碧水催波山拽近，玉栏叠彩岸拉长。

画遂人意人遂画，光动云波云动光。

时世兴得宏伟业，西洋如是盛西洋。

七律·咏官厅水库

合河口处起飞虹，如镜碧波倒影重。
基坝勒石宏业盛，岸头添彩百花荣。
闸调永定丰盈水，船载妫川泽润风。
应是王公生慧眼，官厅翻转为画厅。

七律·夕照八达岭长城

金做砖石筑长城，晚霞锦树共峥嵘。
风耽锁钥停云步，月喜山河照画屏。
千古烽烟逐梦远，九原箫鼓送和浓。
瞬间美景谁能赏，犹见王公卧草丛。

题王敬东先生摄影“夏都之秋”

（2012年1月13日）

不是灵霄胜灵霄，岸簇楼林水簇桥。
清霜给力如甜酒，醉了心头醉树梢。

题王敬东先生摄影“夏都秋色”

（2012年1月15日）

水作瑶池美，华林簇云团。
玉桥牵梦远，曲岸向山闲。
清风消暑气，朝日染湖岚。
如此山水画，却是我家园。

为老年书画协会画册题诗一组（二首）

（2015年8月下旬）

题新农村北地

白云生暖意，春雨醒层林。
风送花香远，溪流玉韵分。
新宅多亮眼，山路展图文。
如此和谐景，慕煞城里人。

家山逸居图

古木连云秀，清溪伴鸟鸣。
锄头回月色，毫底漫星空。
多少春秋事，淹留宇宙风。
放怀山野远，能不醉图中？

题语音女士发江水泉公园图《静美》

（2017年5月6日）

水林皆上色，春夏共一园。
倒影摇新柳，浮云乱玉泉。
试听清且爽，独挽雅和闲。
仙境何如此，今朝作涅槃。

临江仙·题敬东师摄影《妫川》

（2020年2月24日）

人道家园皆自美，君观此地风光！山崇水媚胜仙乡。海陀峰炫玉，楼宇绿云香。　　世事沧桑如梦幻，世园冬奥声扬。关城雄伟画廊长。王公何慧眼，胸内巨图藏。

五 山河存记

建设中白河堡水库

（1982年6月）

钢臂铁马显神通，万方沙料几天工。
百丈大墙起基业，十里长隧向官厅。
时代能组移山力，群杰能树禹王功。
待等平湖映秋月，无数画舫飨宾朋。

雨中参观白河堡水库工地

（1982年8月）

风慢雨急坠天低，雾云轻笼山似移。
吊臂一支长桥动，弧光几点大坝奇。
未有前人凿甜井，哪得万代饮清溪。
两千六百英雄汉，汗水泥水入诗籍。

又到白河堡水库工地

（1983年4月）

又到白河貌已非，两山挽手扼喧豗。
巨门横挡咽喉道，链轨平挪瓦砾堆。
十年热汗八尺雨，万斗甘霖千樽醅。
七一过后版图改，一粒明珠做丰碑。

贺延庆诗词学会成立

（1990年12月5日）

盛世诗潮做做生，文坛同好聚新城。
只将流韵和浓墨，尽染妫川日峥嵘。

贺《延庆报》再版一周年

（2001年7月4日）

小报打开延庆知，耕耘一载果满枝。
妫川花艳情难尽，香溢京华是心思。

延庆开通公交车

（2003年1月9日）

白裙绿顶面包车，六路百村网穿梭。
乘客笑飞诗岁月，便民彩串蜜生活。
春归旧域胡为景，斗转新时更有歌。
延庆京城风渐近，常催我辈放心河。

《延庆报》发行三周年致贺

（2003年6月24日）

晨风拂面透清新，三载长得树满荫。
群众心声通热点，城乡时事抢新闻。
虚情作秀文须忌，雅意写真业敬勤。
寄语报坛师共友，快催响鼓龙庆春。

登滕王阁并贺楹联艺术节

（2004年11月8日）

九天云彩护层阁，新韵神姿亮山河。
月殿搬来失瑰丽，灵霄难比逊嵯峨。
古今盛会集贤士，长短华章各雅格。
万里秋风关塞雁，洪都同贺奋鹏翮。

七律·象湖联坛

（2004年11月10日）

九州文友会洪城，对句和吟唱大风。
西部东方同进步，新声旧韵写繁荣。
为将旗语扬国粹，常用心歌续道情。
秋净象湖霞彩起，闹他天地对联红。

贺北京楹联学会第二次会员代表大会

（2004年12月19日）

金台兴旺景，楼馆树虹杂。
韵彩红翻雨，心花艳染霞。
梅前春二度，船上话一家。
共拓楹联路，功成你我他。

七律·贺延庆一小百年校庆

（2005年6月28日）

纷繁风雨兆冠山，庠序钟洪百载延。
榆老钱多扬九域，碑珍文古志流年。
无疑世旺增学旺，还是心圆照月圆。
秋雁远来捎寄语，险峰还有在前边。

七律·贺延庆民间艺术协会成立

（2005年9月29日）

丘陵百里冒大山，绝技生发自民间。
针黹神工凭巧手，花编力作乱仙冠。
美眉扮靓生活秀，佳酿飘香岁月甜。
今日单弦和乐队，更将奇彩染妫川。

七绝·贺延庆第四幼儿园成立

（2005年11月25日）

山河炳焕岁如歌，最是娃娃掉福窝。
为了理调娇宝贝，新城又立小人国。

七律·中华诗词2006年新春茶话会

（2006年1月13日）

诗国日暖亮花繁，短韵长歌景万千。
热血磨枪击鬼魅，豪情化锦舞山川。

莫将玉盏盛鸡肋，应选珍珠配凤冠。

身近鼓楼听叫起，共泼艳彩绘丰年。

七律·贺北京楹联新春会员大会

（2006年1月14日）

瑰宝千年切勿扔，复兴路上张大兴。

但求国士胸皆有，就怕鼻腔气不通。

楹柱煌煌添色彩，笙歌荡荡和文明。

古城日暖春潮涌，快挂航帆借顺风。

七律·贺延庆一中六十年校庆

（2006年6月15日）

二中延庆几名更，五秩盘旋上顶峰。

三万实播寰宇艳，六十苑列斗星明。

编织美景园丁梦，炳焕华春弟子经。

百尺竿头应再起，京畿燕北荡豪声。

七绝·贺白山市楹联家协会成立

（2006年6月21日）

浑江夜雨霁朝霞，林翠岭围画万家。

为使龙腾先点睛，雪花上面耀联花。

七律·贺北京“中青年诗词创作座谈会”

（2006年12月）

冬日骚坛蓄艳春，群贤修业会京民。
倾听艺苑鸣清凤，敢抱焦琴奏好音。
绕梦牵魂云外路，摘星拿月士豪心。
新芽老树花连放，诗祚绵延让后昆。

齐天乐·贺京联豚岁迎春会员大会

（2007年2月3日）

攀登廿载艰辛路，正把大旗高竖。霞美城乡，风馨胜景，情洒杏花几度。佳节福祝，更文企联姻，震天茄鼓。集旺刊红，初攻俪论动王府。　愿临大道阔步，让京华彩染，普天同澍。网阵生迷，追星尚热，国宝尤需揩护。升平兴物。正春报金台，乐扬八部。群力植花，借东风广布。

七律·参加朝阳市楹联家协会三代会有感

（2007年7月9日）

龙城好雨绿添油，烛亮旗红报九州。
景秀十春花萃路，声叠三鼓月盈楼。
先驱含笑还新里，古意播新画庶秋。
不尽凌河歌不尽，朝阳多彩亮吟眸。

贺延庆县直机关第三届文化艺术节

（2007年12月）

梅花三度灿霞光，韵动妫川送异香。

奥运鼓疾催老骥，家园水美上新篁。

千家情动和谐曲，四季景舒锦绣妆。

盛世催兴才共艺，平台满眼是强梁。

贺《北京对联集成》出版暨学会会员大会

（2008年4月26日）

四月京华满眼春，更延联苑吐芳新。

苦功已入编年史，散贝终归聚宝盆。

万里行程争远近，千吨重载仗毫分。

复兴路上复兴业，鼓角声声动蓟门。

五律·贺北京诗词学会建会二十周年

（2008年9月20日）

廿载耕耘苦，京华百果盈。

香沾杏花雨，洪荡五环风。

贾岛惊乡里，窑台乐比朋。

更将秋艳彩，霞展到东溟。

金缕曲·贺北京楹联三代会

（2009年4月18日）

廿载攀登路。彩霞飞，花香日下，路碑三树。韵律铿锵宏国是，春雨国风共度。襄盛事，情荣寒士。对苑芬芳超千古，看城乡，联彩盈门户。天下事，皆能入。　神州万里花千树。忆昔年，桃符换旧，志酬先祖。气壮山河英烈梦，萧瑟秋风几度。十载乱，难将回顾。今我中华兴百废，会群英，壮业催龙虎。旗猎猎，漫天舞。

七律·贺中国楹联六代会并南昌第三届国际楹联艺术节

（2009年5月22日）

赣水船摇落霞声，滕王阁上聚远朋。

修文嘉会叠三韵，极目遥天上六层。

岁月流金恒记忆，河山舒锦壮歌行。

古圣有知临盛举，高情妙笔醉洪城。

满江红·贺县直机关第四届艺术节

（2009年8月1日）

又送春风，遂成就，百花拥路。画境展，风流俊彦，开前越古。旭日高悬光四射，歌喉未展情先入。雁留声，妫水涌新波，千秋布。　屈子啸，东坡赋；板桥墨，曹植步。似官声渐远，异星夺目。百丈腾龙谁点睛？千帆竞渡我擂鼓。到头来，化雨润家邦，群英谱。

七律·延庆诗联学会年会有感

（2010年1月24日）

又是一年近岁春，雪冰装点玉乾坤。
风敲腊鼓声贴近，月染灯虹梦翻新。
人事纷繁迷望眼，浪潮激荡放开心。
应邀李杜红楼聚，薄酒粗茶叙好音。

七律·贺北京楹联迎春大会

（2010年1月30日）

爆竹声里又一春，日暖西山报知音。
妙对飞红装盛典，芳花腾雾散清芬。
关山残雪消未尽，郊野东风展欲新。
多少家国多少路，金台鼙鼓动联军。

七绝·贺《延庆报》创刊十周年

（2010年6月16日）

一秋收谷秀，十载散桐荫。
万里经营路，丰盈问人心。

贺《延庆报》出版十周年

（2010年6月18日）

风携花信亮春时，小报打开延庆知。
妫水船开千尺卷，缙山翼载万家诗。

不容清夜星溜去，长恨高天雁归迟。

唤起邑人同浇灌，小花大花压满枝。

贺延庆与育新花园社区老教工书画展开幕

（2010年7月1日）

霞堆京北放异香，芳草奇葩汇琳琅。

唯有真情输淡雅，且将老气放疏狂。

知音相会无南北，艺术追求破界疆。

育过桃李入桃李，斜阳朗照满家邦。

参加部分城市退休教工重庆会议有感

（2010年10月27日）

伏枥征骑志未穷，梧桐叶老画渝城。

秋田犹纳巴山雨，兰桨常怀禹甸风。

江水长流输远近，长天朗照有亏盈。

杏坛自古霜难扫，直把华光放霁空。

参加北京教育系统关工委迎新联谊会有感

（2011年1月20日）

人如陈酒久尤醇，泼彩斜阳醒画魂。

最是亲情难去舍，难能余勇贾青春。

杏坛添绿腾飞羽，老马知遥赞驾轮。

年味凭啥留心底，华堂厚意醉黄村。

参加江苏太仓中国楹联教育工作会有感

（2011年2月28日）

回春暖气俏娄东，生气初发百草萌。
春雨如酥调绿色，俪歌叠韵掷金声。
时呼汉胄繁荫盛，物储金仓百事弘。
三保舳舻今尚在，弘篷高挂乘和风。

注：三保，指郑和，当年下西洋从太仓出发。

七律·贺延庆诗联学会年会

（2011年12月13日）

又是一年岁熟时，新城楼馆聚相知。
皆因国土扮装美，故有吟田耕作痴。
七彩虹凝惊天宇，八音乐奏动海石。
应知明岁春归处，风雨铺花尽好诗。

七律·贺大华山征联发奖会

（2012年4月25日）

萧萧车马动华山，花海蒸腾云雾翻。
万树粉蝶织锦绣，千叠香气动广寒。
艳阳多在雨风后，霁月常耽梦幻间。
盛事如砖铺史路，乡情似鼓震骚坛。

贺北京诗词学会第四届会员代表会

（2012年4月28日）

畿辅艳春又添花，诗坛盛会聚京华。
东风万里蒸佳气，古韵千年上彩霞。
多少痴情多少爱，复兴大业复兴家。
京民大厦霭云气，便送心歌向海涯。

市教育系统关心下一代委员会联谊会

（2013年1月10日）

园丁皓首会宣南，热气氤氲暖岁寒。
驽钝犹怀千里马，情痴常助万吨船。
愿镌璞玉均成器，增势陈柴可补天。
汗水纷飞和化雨，燕都山野绿云翻。

七律·贺北京楹联学会第四届会员大会

（2013年2月23日）

金蛇狂舞庆新春，路进复兴看劲军。
汗洒金台肥沃土，花开四季秀重门。
知时鸿雁排云上，写意华章炫彩新。
情寄诸公添福寿，千楹万柱镂龙纹。

七律·贺延庆县直机关党委第六届艺术节

（2013年6月30日）

六番稼穑获连丰，响韵流丹精益精。
好梦闻鸡晨起舞，画廊揽秀步轻盈。
莫言职场游离远，常引溪流聚汇泓。
应见历朝风雅士，文空万世更官清。

七律·贺延庆晋升世界地质公园

（2013年9月12日）

鹊灵高唱报消息，京北加添世界级。
妫水翻花波染彩，雄关引月景出奇。
家藏瑰宝扬天下，行启良辰靓顶基。
风气风光应共美，吾侪能不赞乡仪？

参加厦门全国部分城市退离休教工会有记

（2013年10月29日）

鹭岛秋临味已闻，山园水木另精神。
真材泥砚需积淀，传世神功仰后昆。
华发难失情切切，和弦广纳器林林。
更喜清风如劲酒，西席妙语醉金门。

鹊踏枝·贺世界葡萄博览园开园

（2014年7月26日）

玛瑙成攒珠玉串，佳构曲桥，平野开仙苑。寰宇宝珍输彩艳，海陀颔首霞云揽。　　盛聚宾朋织笑脸，人类添福，美酒飞香远。王母瑶池急了眼，神舟捎点尝稀罕。

五律·贺县直机关党委第七届艺术节

（2015年8月9日）

花满兴延路，七星次第明。
清音溪水美，香墨早霞虹。
人向多能手，志上最高峰。
先贤足笑慰，京北业将兴。

贺羊年区诗联学会年会

（2016年1月10日）

又是寒催腊，春风酿水仙。
雪飞舞冬奥，霞落沾世园。
联墨千门喜，岁时一页翻。
乡缘常聚首，茶水话丰年。

七律·贺韩村河楹联分会成立

（2016年1月19日）

太行龙尾甩鞭花，画栋锦园布彩霞。

千古韵流丰史记，上房景致俏云崖。
骄人业绩京郊秀，如画前程国梦华。
贾岛重游惊巨变，推敲俪语贺联家。

贺区百合诗社成立会即席

（2016年3月13日）

香绽百合旺角楼，跻身花海亮诵眸。
奇葩一放谁敌手，美酒醉成橄榄油。

注：会长高桂萍用美酒款待大家，却被老伴错拿了橄榄油。

贺区作家协会成立

（2016年6月3日）

秃笔能当毛瑟枪，夜空如海耀星光。
常追关塞梨花艳，最忆江南春水扬。
锦绢铺开宜字画，甜歌流韵妙山乡。
二十年后重聚首，还是妫川粽子香。

贺新城子小学楹联教育基地挂牌

（2016年11月11日）

山深藏重镇，文盛俏新城。
秋色雾灵老，风声燕塞空。
焉知游子梦，常醉故人情。
年少多才俊，胸多一抹红。

贺顺义区木林小学中国楹联教育基地挂牌

（2016年11月24日）

群美谁夺冠，泮宫明我眸。
研学匀墨彩，楼院炫风流。
系列花颜醉，悠长韵梦收。
随歌香味起，浓郁向神州。

五律·贺延庆诗词楹联2016年年会

（2016年12月17日）

树木连年长，林头展大千。
微屏明彩照，花果灿金山。
又是春风下，常萦鸟语间。
牵情多少事，流韵壮妫川。

怀柔区龙虎山庄楹联创研基地挂牌

（2017年6月17日）

蜂望花繁地望收，连云绿浪亮吟眸。
金珠乱挂菩提树，时乐轻飘月桂楼。
莫道远偏无大上，惊聆龙虎啸林沟。
应知东海最深处，亦有野山涓细流。

贺延庆区机关党委首届艺术节

（2017年6月21日）

自古官员有雅俗，气华廉吏饱诗书。
名流巨著彪青史，胜景华篇动草庐。
应见家园宏且美，征召尚品鼓与呼。
者番应是旗开路，艳绘妫川有大儒。

贺天通苑楹联培训基地秋季开班

（2017年7月15日）

树靠根须苗靠蹾，茶香浓郁在蒸熏。
京华艺苑雯出彩，城北和声月写真。
诗圣常怀磨杵梦，愚公不弃斩山心。
金风声似吟哦起，甘水桥边会故人。

贺怀柔龙虎山庄文化艺术节

（2018年4月7日）

雪落杏花萼似梅，春姑急欲反身归。
欢歌布谷催农事，知趣清池荡翠微。
寒雨难敌人气盛，乡风已是社情非。
山庄莫道离城远，情涨香浓伴绿肥。

北京写作学会成立三十二周年致贺

（2018年8月6日）

立帜京华三二春，涂红抹绿亮乾坤。
传花抢眼小鲜肉，抓铁挺身老面筋。
遍踏山川求美韵，伴飞雨雪做苦吟。
台湾街上兰亭会，添趣添情赚写真。

贺北京楹联五代会

（2018年11月21日）

雪俏山川花俏春，佳联美酒味香醇。
意高求似攀岩手，词隽寻如探宝人。
传递激情腾讯借，推敲格律抖音抻。
时值五代承薪火，整队京华再进军。

贺《延庆报》改版

（2019年1月3日）

声震晨曦仗锦鸡，又双叒叕上高梯。
春风爽进开窗扇，仓谷多存放囤席。
常饪膳食舒以口，莫留话柄皱之鼻。
天时人事值催老，予向诸公长奉揖。

贺延庆诗联学会年会

（2019年2月3日）

谁将韵律演春娇，喜动妫川花胜潮。
安字不须脱口秀，跟帖亦可表情包。
身边画景天天变，心底萤光处处飘。
任是吃瓜莫甩手，塑身插翼放云霄。

长城脚下世园会

（2019年4月21日）

天田山聚万国景，妫汭湖摇七彩光。
花海画廊多抢眼，抖音韶乐唱家邦。

观北京世园会开幕式有感

（2019年4月28日）

瑶池输地上，惊艳聚环球。
妫汭铺绮彩，笙歌绕永楼。
万方高客盛，青史重头收。
清点今朝事，妫川最最牛！

参加北京市老教育工作者联谊会

（2019年9月18日）

茂树原来石上扎，心常回放热辣辣。
爆棚功做充电宝，补画情添蜡梅花。

笔粉飞霜凝鬓雪，烛光流韵醉朝霞。
太平庄北添一景，挽臂扶筇望老家。

满庭芳·书画家缙阳创意行

（2020年9月6日）

霜染山乡，嘉禾秋稔，枝头霞果连珠。村楼棋布，凫鸟乱平湖。溪水灌渠欢唱，花争艳，廊满葫芦。好一派，彩泼山野，庄户乐生图。　寺钟声溯古，靖安屯戍，峪口驼呼。月留影，金章明祖行庐。犹记引牵白水，穿山岭，志壮鹰逐。只赢得，京华师友，狂笔抖新福。

参加“决胜小康，奋进‘十四五’”汇讲有感

（2020年12月7日）

岁月非常故事豪，舞台媒体应串烧。
防魔勇做逆行者，带货几成黏豆包。
花雨呼来花似锦，凤林铺起凤还巢。
莫封老汉青春梦，我伴网红同傲骄！

贺延庆区老教协艺术团新年线上联欢会

（2020年12月31日）

水向江洋树向春，群圈有幸聚知音。
花田风动香飘远，玉岭霞飞画展新。
路到山头方览胜，功清沙砾始成金。
空间虚拟能留梦，直把豪情亮太坤。

瑞康源老年护理中心庆建党百年有感

（2021年5月31日）

人到孤残盼过节，今晨喜鹊绕庭阶。

彩绸情畅风欢转，小调声甜雨晏歇。

戏自通途八面至，花排仪仗满园协。

新装箱有碗盛肉，只望天天热闹些。

墨联璀璨贺党生（通韵）

——北京楹联学会庆祝党百年华诞联墨作品展

（2021年7月1日）

百年行旅荡雄魂，百副墨联情意深。

韵起风雷云滚滚，神扬旗帜火炘炘。

中华万里浑如画，国粹千秋总是春。

今亮书生龙虎气，仙人洞展大乾坤。

注：展出地点在昌平十三陵镇仙人洞村文化中心。

随政协委员视察无障碍设施建设有感

（2021年7月12日）

藤蔓靠牵船靠浮，国邦擘画顾残孤。

坡梯揽月层层上，埈道通关处处舒。

送暖贴心家务事，正餐合意口头福。

历朝老弱伤悲远，圆梦勾出更美图。

为延庆蓝天救援队赴豫救灾壮行

（2021年7月22日）

灾难突来日月寒，妫川飞将迅支前。
霓霞兼映瓦蓝美，山野将回鸡犬喧。
精卫躬行填碧海，女娲有助补苍天。
中州父老安康后，置酒迎君庆凯旋。

参加区“永远跟党走”百姓宣讲汇讲有感

（2021年7月27日）

钢靠淬熔花靠描，妫川故事汇江潮。
千家力奋青松岭，四季路通亮马桥。
圈粉刷屏盘地气，煽情流韵赞天骄。
我聆佳会似春晚，画景飞虹展玉霄。

贺墨墨祝福志愿者协会乔迁

（2021年7月30日）

默默添福墨着花，妫河南岸布新家。
力飞春雨荣乡里，爱动和风暖海涯。
工服同共蓝天美，绶带斜披虹彩华。
举手之劳公益做，人人切莫只吃瓜。

六 往事回眸

读《延庆县志》有感

读《延庆县志》，见载有“妫川八景”，感而作之。

（1979年4月）

八景天成盘古功，山川新貌胜昔风。
海陀旱遇飞真雨，妫水雪积佩彩虹。
百匠工夺天工巧，万民力至鬼神惊。
再瞻业竣蓝图日，更有娇姿胜旧容。

观黄河九曲灯

（1985年元宵节）

天神亦乐上元时，撷采星辰布瑶池。
穆女千军穿百阵，周公万艄卷曹师。
三停社鼓余音在，大治中州战骥驰。
九曲黄河仍东进，唯余春霭润柳丝。

贺《咏延庆诗词选》出版

（2000年9月）

奇山秀水亮妫川，历代人民动地天。
秋水填词歌岁月，春风运笔写河山。
家乡面貌凝沧海，作品精神见胆肝。
集腋三年蜂酿蜜，道是诗篇却史篇。

贺刘斌堡乡健身广场落成并举行登山活动

（2001年5月26日）

元月花灯耀夏天，健身喜鸟唱山间。

为摘云锦饰乡里①，无数豪杰竞登仙。

①刘斌堡村风俗，每年正月十五，家家户户挂红灯笼。

贺《妫川文学作品精选集》出版

（2001年8月19日）

岁月精华凝笔端，妫川旺气汇雄关。

为催时雨明山野，多少文朋化杜鹃。

七律·《延庆诗联选》问世

（2003年元旦）

莫言乡友爱风骚，雅士来延兴更高。

紫塞磅礴飞古韵，小城亮丽闹新潮。

石虽顽劣原为火，木或挺拔本是苗。

蜂累丝难终成果，再添春色扮今朝。

贺永川《对联写作与欣赏》出版

（2003年8月21日）

苦读经史效前贤，血汗经年硕果甜，

愿使丝竹合韵律，才将规矩助方圆。

家乡事业心神里，肝胆胸怀笔墨间。

好义急公师与友，高悬灯炬照联坛。

七律·老年大学

（2003年11月）

霜后枫菊雨后霞，经年老干孕芳华。
曾将血汗肥疆土，故让风霜富脸颊。
艺未压身情未尽，学无止境业无涯。
老来自有老来乐，画彩何妨蘸晚霞！

竹枝词·添乱小孙

（2003年11月）

收拾书本欲离家，不信老藤不结瓜。
添乱小孙拍手笑，我和爷爷赛红花。

贺孟广臣老师小说集《山里人》出版

（2004年2月14日）

文苑耕耘四五春，繁花茂树送芳芬。
痴情笔下王来运，酣梦心中山里人。
为教田园飞色彩，拼将岁月透精神。
快谱五线三千里，留给先生唱好音。

七绝·贺张义《倾听月色》出版

（2004年3月26日）

网来星斗入诗囊，势驾轻舟闯海疆。
苦苦倾听十数载，舀瓢月色散清香。

七律·东小河屯农家八八席

（2004年6月6日）

妫川风俗世间奇，喜庆时兴八八席。
场面铺排追满汉，厨师竞比呈珍稀。
春花艳过随流水，古意翻新试点题。
仲夏小桥诗友会，共同村嫂话乡仪。

注：属延庆镇旧小河屯村，有过河石桥，故名小桥。

七律·任书利老师家赏菊

（2004年11月20日）

天女秋芳散永宁，斑斓五彩耀阶庭。
窗前怒放丰如斗，几上横斜密撒星。
倒卷金钩流雅韵，端庄玉盏透高情。
耕耘廿载集霜景，逸兴偷闲胜陶公。

注：任老师为永宁镇利民街农民，爱养菊，善书法。

七律·贺延庆书法学会换届

（2005年5月21日）

情泓妫水照居庸，椽笔如林舞大风。
艺向精深活次仲，会集儒雅胜兰亭。
键盘敲打虽方便，国粹复兴任纵横。
书社新声翻旧谱，明朝小筑起高层。

七律·永宁杜明老师家赏菊

（2005年11月中旬）

天仙亦效搞科研，霜彩新潮胜去年。
百色艳织堆异宝，千枝秀竞荡清岚。
云霞积聚山河美，风景催兴笔墨酣。
卅载高情超古意，人格花品旺家园。

注：杜老师为退休职工，居永宁镇城内，爱养菊，善书法。

七绝·菊花摄影赠永宁中学

（2005年11月20日）

斗盏奇葩放永宁，凌霜溢彩荡馨风。
不同桃李争春色，偏向西席报岁丰。

贺延庆五中诗联教育基地成立

（2005年11月28日）

涓流成海镜磨明，润物春风入画屏。
华夏古风凝巨宝，江河韵律荡新声。
精深学问由研讨，高远山峰引陟登。
最是城南兴旺景，纷繁花圃任勤蜂。

七律·贺张山营文艺协会成立

（2005年12月2日）

山奇湖美汇妖娆，虹丽高天架彩桥。
葱郁林禾铺翡翠，琳琅景点串葡萄。

情催笔墨描山野，岁伴笙歌点舜尧。
次仲寻翮来故里，也来帕偶乐逍遥。

注：王次仲，秦时延庆人，隶法文字创始人。秦始皇三招不至，被打入槛车，押往咸阳，途中化大鸟飞走，在海陀山落翮。翮即羽毛。帕偶，英语“party”音，为聚会的意思。

五律·延庆镇新春寄语

（2006年1月24日）

妫川称首善，五业竞峥嵘。
喜报千家雨，香翻绿野风。
春潮携愿景，人气上高层。
共饮出征酒，登高采亮星。

贺孟广臣老师小说《阪泉儿女》《拓荒》出版座谈会

（2006年3月19日）

积年沃土秀禾多，掘井生霖解旱渴。
汗洒阪泉功苦创，荒开杏圃果甜罗。
难求岁月终一季，别让舟车驻上坡。
举酒高歌公进彩，再扬乡雨涨天河。

七律·看王敬东宽幅摄影展有感

（2006年8月19日）

不笔丹青耀馆堂，快门起落聚霞光。
信觉翼展宽银幕，精彩胸藏万寿廊。

亲力耕耘蹊径辟，个中辛苦自家尝。

观临心底腾佳景，妫水弹琴奏贺章。

注：王敬东为延庆退休干部，凹凸慈善协会会长，善宽幅摄影。

五律·与友三赴永宁赏菊

（2006年10月30日）

恰遇重阳日，相邀就菊花。

艳堆千色锦，香透九重霞。

冷露生钢骨，高情寄夙家。

似闻霜叶下，挥汗壮枝芽。

七律·读刘明耀吟唱《板的歌》有感

（2006年11月下旬）

板哥千百绕街城，只为养家免作空。

雨雪汗随飞远近，晨昏影动落安宁。

由来百业添一业，莫让流星乱序星。

身处庙堂怀民厚，高情如镜照刘公。

注：刘公为湖北恩施人，土家族，原为延庆县法院院长、县政法委书记、县人大常委会主任，口碑极佳。他曾担任北京诗词学会副会长，延庆县诗词学会、楹联学会会长，对延庆诗词、楹联队伍建设做出重大贡献。

七律·贺《延庆诗词》《自星楹联选》《中隐斋文选》出版

（2006年12月10日）

京北吟坛报岁丰，三花竞艳热隆冬。

情耕田野连双秩，羽染霓霞破五更。
岁近豚春豚拓路，人添虎气虎生风。
云程万里凭接力，乡曲唱红国韵兴！

七律·延庆十五项非物质遗产通过专家验收

（2007年3月24日）

八达岭外又重天，风物依稀辨逝年。
不见龙旗翻古月，几斫佳木助炊烟。
荒原灾毁珍禽在，围堰工成画栋连。
今把俚曲输碑记，瑰宝铭心代代传。

七律·听张明康老师讲经历感怀

（2007年3月27日）

峰高浪底看张公，乡土边疆演抗争。
顺势豪情精五业，勤工巧手贵多工。
从来国运联家运，最是心通辟路通。
年逾古稀终有果，正将大器绘人生。

注：张老师为北京延庆永宁人，商业战线退休，长于书法艺术。

七绝·《延庆旅游》书赠龚善常委

（2007年4月1日）

志士壮怀向天涯，男儿四海可为家。
珍禽多少衔芳草，更使妫川俏染霞。

注：龚常委为中共延庆县委常委。

七律·诗人节抒怀

（2007年6月17日）

自古诗人身许国，比如兵士手执戈。
常怀大气追三李，偶作狂啸放九歌。
助阵龙舟声远近，飞觞艾束影婆娑。
心潮流韵和千古，欲涨天河报滂沱。

七律·赞老艺术家

（2007年9月15日）

不是英雄不是神，久经万户奉亲人。
德音韵醉溪中水，才气丰飘垄上云。
苦唤春归声带血，痴将业立杵磨针。
夜空如幔悬星斗，灿烂光华照九垠。

七律·延庆县老教协班子换届有感

（2007年10月初）

妫川教苑艳兼香，数代园丁竞拓荒。
难忘激情飞细雨，已成短蜡照余光。
经年老树分先后，不尽甘流奏慨慷。
世事纷繁催我辈，劲将萤火亮家邦。

贺北京乐龄金帆艺术团延庆分团民乐队成立

（2007年12月25日）

田园锦绣借东风，妫川兴旺百花生。
壮怀老骥难伏枥，催醒晨光数振钟。
积水成河川流远，聚焦写意画方精。
廉颇谁笑只能饭，养眼人凝蒲公英。

水调歌头·延庆健身热

（2008年2月27日）

奥运春潮涌，健体热妫川。风牵月揽流影，运动正阑珊。登顶打球散步，击水秧歌武术，赛事动瀛寰。场馆星罗布，驱走暑和寒。　祥云涌，福娃舞，梦将圆。小康渐进佳境，强健享华年。画展缙阳锦绣，续写春天故事，你我共争先。快借五环起，万里鼓云帆。

为奥运自行车赛过八达岭有作

（2008年8月）

山上卧龙地游龙，群英逐鹿越关城。
同为战事书青史，不见硝烟见升平。

七律·贺《马萧萧诗稿》出版

（2008年12月21日）

太平路上房子红，重墨浓情暖九冬。
延水畅怀逐浪涌，琼崖秉笔落霞拥。

雨携云气流芳韵，风捻霜髯展泰容。
愿采仙桃增百寿，扶摇再上率联龙。

七律·贺林遥《凭栏迎雪阁诗词》《戊戌侠踪》出版

（2009年9月6日）

年少足教老者羞，青春华彩亮群眸。
凭栏击板追侠侣，迎雪飞觞傍陆游。
已上雏鹰千里志，莫求金象万家侯。
相贺奇花成颖果，情沾月色亮中秋。

七律·记《教苑夕阳红》出版

（2009年9月21日）

岁月无痕又有痕，杏坛风雨铄真金。
山溪存照留苔记，原雪随风漫鬓根。
豪气一腔今尚在，洪声几缕韵犹浑。
廉颇莫笑老无用，胸中热血涌青春。

廉政文化进香营学校

（2010年9月19日）

缙山百仞竖屏墙，万亩杏林送异香。
学子莘莘云月起，师德灿灿画虹扬。
千般特色舒桃李，万缕和风艳梓乡。
贤者品行如化雨，润将校苑润家邦。

水调歌头·延庆端午文化节有感

（2011年6月4日）

又到端阳日，粽味漫妫川。楚湘千里来客，秭水汇荷田。旗幅灯虹飞彩，鼓乐龙狮竞舞，叠浪迅楫帆。佳景八方动，笑语上云天。　惠风畅，鲜花艳，梦乡圆。江河多少流水，不尽洗当年。石磨引渠悠转，艾草倚门斜盼，奇卉淡皇园。屈子今应在，椽笔绘新元。

老教协乐队广场演出贝司遭难复得有感（二首）

（2011年12月4日）

马欲奔腾鹏欲起，未升云雾先伤翼。
地桩空索不及防，肚破颈折失重器。
五味杂陈百味生，七颜调配一颜去。
师急工哑火燎眉，移木接花欣补壁。

金钱憋倒英雄汉，经月愁丝织布缎。
求助公家腿脚勤，觅寻商贾消息乱。
煎熬多日费心谋，窃喜老天随我愿。
手捧单传金玉似，高竿百尺望中盼。

七律·参加大柏老小学欢送教工退休仪式有感

（2012年3月2日）

神峰白雪俏初春，庠序新楼处处亲。
五尺讲台足步挽，一墙书画旦夕分。
多少辛劳成茶话，事业传承仰后昆。

尚记正德怀百老，园丁心血化绿荫。

注：正德，指明武宗朱厚照。传说他微服私访到大柏老村，看见百名老人跪迎，以为吉兆，故该村旧称百老屯。

七律·参加延庆师范首届高师校友聚会有感

（2012年6月6日）

孟夏相邀会育新，细循五秩觅青春。
同担国难菜瓜代，最喜德风痕迹深。
世事如今多改面，畴昔依旧似扎根。
校门绒树今安在，散向天涯化美林。

七律·贺王庆新吟长书法家乡展

（2012年9月19日）

芳华积淀六十春，禹甸香飞叶报根。
势遣云霞龙凤舞，韵含今古道行深。
精耕垄亩情难了，广育佳禾作更勤。
京北霜林红一片，铺成贺幛祝师尊。

妫川抗雪歌（古风）

（2012年11月4日）

入冬天似漏，雨雪落妫川。
弱雨打前站，暴雪似云掩。
平野填沟壑，麒麟挤玉山。
广种棉花树，地铺水晶田。

继而携刀剑，淫威加野原。
斩树如剪发，乱剪情何堪。
粗枝如折苇，细枝似切面。
斗干齐腰折，狼藉盈满眼。
最苦杨柳枝，余树亦难免。
积雪阻归途，车辆难动弹。
百间毁大棚，市场菜蔬断。
殃及鸡鸭鹅，死伤应无算。
妫川天欲倾，万众挽狂澜。
大雪生大爱，百里大救援。
京藏关沟段，千车夜雪掩。
缺衣又缺食，过夜必伤残。
市县紧急动，冒雪去救援。
武警挨车劝，深雪出路面。
公交转千客，客馆避饥寒。
乡镇有食堂，半夜供茶饭。
机车清积雪，昼夜连轴转。
有妇孕到期，临盆上医院。
雪冰路桥封，轿车全爬蛋。
铲雪车救急，雪窝拱向前。
及时上产床，母子得平安。
几多彩钢房，重压筋骨软。
民警乡村干，助民及时转。
雪霁更抢时，万众清雪战。
大举行公益，小打清庭院。
市政工人忙，连日冰雪铲。
园林工人忙，理树清残断。

大雪出考题，妫川经考验。
众志化春风，云雾终驱散。
供给渐常态，灾害影渐远。
妫川好民风，厚德尽体现。
风雪成过去，又是艳阳天。
抗灾显大爱，历历在眼前。
场景撞胸臆，催生抗雪赞。

七律·王学敏老师童年回忆录有感

（2013年5月19日）

和霜和泪系康庄，纤臂同将日月扛。
铁轨接天牵美梦，榆林落照泻华章。
国家贫弱黎元苦，柴米艰难年少强。
母爱浓浓如澍雨，润滋苗木润家乡。

注：王老师为北京延庆康庄人，20世纪60年代大学生，后在延庆一职任教。

赴朝阳老教工书画联谊

（2013年5月30日）

风调南北四时新，凤舞朝阳画彩云。
树海楼云东岳掩，星文俊彦故风存。
青春多少成佳话，笔墨铺陈亮九门。
最忆金台夕照美，轩车畅路载温馨。

七律·刘斌堡青山农家院

（2013年9月10日）

燕山交会处，书画起农家。
清露凝香气，金风秀彩霞。
禽鸣争客至，花动谢人夸。
佳境直如此，慕煞五柳他。

七律·青山农家院木偶秧歌

（2013年9月10日）

时下农家岁月新，情催箫鼓闹乾坤。
肩头偶像对结舞，月下花灯圆转勤。
妙会京华留倩影，随时乡梓报知音。
雄风亦可刮国外，看我中华闹率真。

七律·游金门有感

（2013年10月30日）

今日方圆梦里求，汽笛一吼到水头。
碉楼如柱拴残月，坑道流光锁斗牛。
脉脉酒香心域注，浓浓文气画图收。
金桥正欲通狭海，两岸共扬大春秋。

赏梁子杰学长手机拍海棠图

（2014年3月25日）

桃腮粉面绿衣裙，庭院林堤簇美人。

应委神舟植月甸，人间飞雪带香氛。

注：梁公为北京人，曾任中学教师，在国家机关工作。

七律·有感十三岁女孩家欣画犬卖钱救病猫

（2014年8月初）

心比三伏热意浓，汪星变现救喵星。

米兰花小香盈室，弱柳枝柔暗滤风。

已对前途千道岭，犹争逆水一条龙。

童心先入中国梦，老朽羞煞不用功。

注：女孩为著名学者李自星外孙女。

七律·观梁子杰视频荷花

（2015年4月）

静爱松风雅爱荷，奇葩如幻梦中得。

连云西子婆娑影，披月自清浪漫歌。

香气升腾达肺腑，艳颜萦绕荡银波。

梁公亚似导游者，牵引吾侪渡艺河。

七律·不再担任老教协会会长有记

（2015年9月11日）

老来退休再退休，八年抗战终到头。

拓荒已尽马牛力，合唱曾添沙哑喉。
常怕点灯烧捻子，何惜舍脸碰青头。
古稀重计新程远，斜挂柳梢月如钩。

水调歌头·咏北科国杰健康城

（2015年9月18日）

人老边缘化，何处可为家？儿男内外纷扰，单位事如麻。窃喜妫川南麓，已辟苍生别业，大气冠京华。百鸟鸣湖畔，楼宇漫云霞。　滨河伴，山峦倚，塞垣达。宏开天地新景，善举万人夸。画展风花雪月，学领艺文网技，皓首乐余暇。花满康庄道，香气向天涯。

赴海淀楹联学会调研有感

（2015年10月30日）

海淀深积淀，物人汇而丰。
园多惊画板，籍重举中兴。
剑客锋扬劲，华文画抢明。
京城书愿景，金鼓盛秋风。

沁园春·延庆端午文化节有感

（2016年6月9日）

人胜元夕，伞倾春潮，花展岸畴。望龙舟竞技，鼓声震月；艾香摇雾，粽角争眸。雅韵八方，龙骧数处，珠线牵来千载悠。庄户院，正新开醇酒，桌列鲜馐。　云台曲径宏楼，摇绿柳，年轮碾旧游。演沽河磨转，包囊储梦；诗情荒废，山野空幽。国恨家仇，凄风苦雨，十里长留八里愁。强国祚，让殷殷正气，壮我神州。

七绝·咏秋雨兼贺微信诗词群创立

（2016年10月8日）

清雨纷纷幻彩油，山河涂抹亮吟眸。
更凭风势挥千里，谁个不呼好个秋。

注："不"做平声，读"bú"。

《汉语言北方语言演变的活化石——延庆方言》付梓

（2016年10月30日）

花在山原各不同，川流妫水厚积层。
乡音如炭暖寒夜，雾气随风亮启明。
廿载写生穿越梦，一方热土难了情。
世间万物无穷尽，愿破铁鞋觅险峰。

二道河小学旱船表演

（2016年11月4日）

中华巨树入云高，马场沟中重彩描。
锣鼓声圆得胜令，翻飞律聚念奴娇。
生活有梦情为酒，岁月流金艺架桥。
忘却老夫腰腿硬，也随年少水中漂。

贺老年大学文学班诗词作品结册

（2016年11月28日）

倒腾钞票是财绅，鼓捣文辞是雅人。
冷遇激流怎冰冻，香萦红树壮春吟。
数年耕作结实累，万仞攀登视野新。
莫道刀工缺老道，不输李杜精气神。

赴朝阳区楹联学会调研即席

（2016年12月2日）

湖外天光化境开，云霓俪彩展金台。
花香和秀惊渔鼓，风雅随新入壮怀。
咏絮才多千里盛，洪荒力劲万难排。
朝阳有翼朝阳起，八面吟朋点赞来。

贺郝殿斌老师获2016年金胡琴优秀奖

（2016年12月7日）

大雪兆获大丰收，神州十亿你真牛。
风喧寒暑花惊醒，泉跳山原画默求。
岁序个中甜并苦，光岚附上乐和忧。
才华如彩家园写，生动从来在顶楼。

七律·应云潮吟长命作腊八诗有感

（2017年1月5日）

风送时寒雾送花，飘香五谷绕千家。
黏稠超过蜜糖韧，色彩比齐红紫华。
寺庙搭锅招广众，亲朋分玉做应答。
似听钟韵催年近，郁郁乡情到海涯。

七律·聆《北京日报》评论部主任、记者彭俐老师诗教

（2017年1月7日）

值放梅花艳莽原，龙涎香沁透心田。
灵光随采蟾宫润，浩气能驱珠穆寒。
信手岫岩分宝玉，抒情南海竖风帆。
如临溪瀑听天籁，游戏人生作史篇。

记老年摄影学会

（2017年1月16日）

老年之后多长眼，即可采风还避险。
少有才华难尽丢，佐仗时间由我选。
镜头能代畅舒言，拐杖权当支撑点。
奇美不须上悬崖，胶泥挖掉补缺碗。

七律·赏儿童医院老专家会背景图片有感

（2017年2月5日）

节近复兴画缤纷，虹霓抢眼耀乾坤。
芽苗雨润香披野，羽翅风扶势驾云。
日照杏林酬愿景，声延扁鹊送福音。
美图细品忽翻醒，今日春叠昨日春。

沁园春·观元宵花会

（2017年2月11日）

点赞春风，天地爆棚。亮仙夸过海，龙蟠翻雾；跷疯对舞，狮闹滚铃。愉悦乡亲，追延故事，靓女丑星秀卖萌。园会近，放笙箫叠鼓，彩涨霓虹。　嘉年丰庆典隆。千百岁，民间盛事隆。记锅烟描彩，行头杂凑；兵荒奔命，内乱封棚。　今日传花，创新承古，路畅心和再振兴。人海里，看万机频闪，焦聚新正。

竹枝词·看灰灰老师校车送学生

（2017年4月7日）

像姐像姨又像妈，亚似披风护小花。
三月春潮虽已劲，怎敌学路艳如家。

注：微信名为灰灰，本名为侯春玖，延庆区大柏老小学德育干部。

赞尤秉德老

（2017年9月4日）

庄户棚园又见君，如同熟客走姻亲。
阪泉增放肥田水，喜鹊先和致敬音。
心寄雾云浓绿色，情怀天宇亮冰轮。
人生满满铺精彩，永葆纯真是赤金。

注：尤老为北京延庆香营人，曾任延庆乡镇、农科校、环保局领导，北京市劳动模范，现为种养业顾问。

夜访青龙桥与杨存信站长长谈

（2017年10月22日）

山川夜色共朦胧，和谐笛壮震寒穹。
驰名道岔撑人字，飞彩霜枫绕祭亭。
秋果香凝爷俩梦，站台满著哲先情。
与君温史如豪饮，不怕群星侧耳听。

注：杨站长继任父亲为站长。

观在建京张高铁延庆段有感

（2017年12月25日）

无孔硐楼向远排，彩虹段段岁寒开。
神龙稳降浮船坞，巨臂轻抓观月台。
能把时空穿且越，惯将山野剪和裁。
铺摊数里人寥寥，数九仙家看傻呆。

水调歌头·访瑞康缘老年养护中心

（2017年12月27日）

残老如折翼，何处养天年？康庄大道宏开，春满这方天。茶饭新鲜营养，楼院温馨敞亮，解困到床前。衣物定期洗，医护助康安。　工小事，施大爱，胜亲缘。名人义务兼职，服务上高端。百户餐食保送，每月舞歌会演，八秩庆生全。如此添福地，慕煞老神仙。

北地村民联欢会

（2018年1月8日）

无星无腕少铺排，村妇苍头嗨起来。
乐感直能追尚品，铜声竟可绕楼台。
难将日月心头储，最是山川画底裁。
节庆民俗添雅韵，清新如酒动吾侪。

注：此诗获2019年市农委“丰收杯”征诗一等奖。

腊八永宁利民街舍粥节

（2019年1月13日）

未到春节先过节，社鼓咚咚醒玉阙。
色胜秋菊红绛紫，形同陈蜜软黏绝。
旱船转醉庙前雾，联意刷新时尚街。
分捧丰年人入戏，似将远梦唤回些。

题自游自在汽车文化主题民宿在宥叠院

（2020年1月11日）

几层宅院几层花，雅致高端可做家。
汽配神形成器物，蒸锅香味越沟崖。
景深收聚晴岚远，史记传留古月斜。
我共神仙长一醉，歌随溪水涨云霞。

赏子杰家水仙图感赋

（2020年1月26日）

才能有浅深，宅第开花展。
钟盏系金银，兰竹争叶干。
势成高矮中，形摆密疏散。
香气贯吾鼻，春风添喜艳。

赞夏德英诗《文明引导员在行动》

（2020年2月20日）

曾暖街巷倩影留，今成卫士御魔头。
社区风雪梅花艳，哨岗朝夕喜鹊羞。
橄榄绿安国万里，柠檬黄聚景千眸。
妫川如愿春常在，君唱咿呟胜五侯。

注：夏德英为北京延庆人，退休职工。柠檬黄，指安全引导员的服装颜色，代指安全引导员。

参加周诠老师“我与《龙关战事》”读者沙龙有感

（2020年9月26日）

莫将折戟掩沙陀，正气如雷壮故国。
古塔巍巍风雨耸，青山默默印痕磨。
应知旧梦翻新意，最是凝神觅硬核。
我做攀岩虽老迈，紧追驴友乱烟波。

参加东红寺村中秋赏月有感

（2020年9月29日）

月上林梢饼上桌，黄花亮蕊笑呵呵。
国槐影探丹青意，古庙钟追韵律歌。
默默薪添强梓里，桩桩梦筑壮龙德。
秋风万里催丰稔，已见金光染塞河。

注：默默在这里指墨墨祝福志愿者协会，亦指默默为发展添薪加炭的人。龙德，指活动所在地龙德培训中心，亦指中华道德水平。

参观中关村科技园无人机创研基地有感

（2020年10月22日）

道路才通地未平，八达岭外起新城。
神鹰百万化孵器，法术千般显示屏。
一体城乡惊圣手，永年社稷秀精英。
我随飞燕心潮涌，蝶变中华耀眼明。

贺延庆文化馆获全国服务农民和基层先进

（2020年12月1日）

又是霓虹又是桥，妫川园圃旺而娇。
端阳春晚千家乐，舞彩文岚百凤朝。
善用网屏圈丝粉，巧将艺技串热烧。
平名高列虎龙榜，更让翩鹏振碧霄。

卜算子·赠延庆蓝天救援队

（2020年12月7日）

花朵有香妍，德品分良善。为解饥禾播澍雨，情洒千园暖。　寻迹遍沟崖，追影河湖浅。身自寻常百姓家，星秀蓝天灿。

听介绍冬奥工程建设有感

（2020年12月26日）

小海陀中景万千，琼楼玉树胜广寒。
吊兰飞箭闪山顶，滑道盘龙落水湾。
敢与北欧天媲美，能将上谷画长延。
听君解语心潮涌，岁岁群英会故园。

访延庆高跷协会有感

（2021年1月24日）

星光不灭梦难丢，夙日乡情作画收。
木椟点击岚雨醉，包头合拢岁时牛。

前朝盛迹成遗迹，少俊中流继断流。
春汛节拍祥古镇，连城韶乐动神州。

小丰营访哈云潮吟长

（2021年3月17日）

冰雪才消芽抖春，驱车廿里会达人。
宅楼公寓风同爽，街面蔬园月必新。
拓业星连龙虎榜，抒怀岚涌缙阳墩。
廉颇何止还能饭，笔墨淋漓荡武魂。

注：哈公为北京延庆康庄镇小丰营人，曾参加中越边界自卫反击战，退伍后任小丰营村党支部书记。在此期间，他获全国劳模、北京市劳模（四次）、市优秀共产党员（两次）、市优秀基层支部书记（两次）。在他带领下，小丰营村获全国农业示范村、市优秀党支部（四次）、市级五个好支部、市先进集体（四次）、市经济发展示范村、最具特色市场（两次）、市经济结构调整示范村。小丰营村成为外宾参观点，众多党和国家领导人前来参观。他后任香营乡党委书记、延庆县人大农村委主任，退休后回到小丰营村担任党支部书记职务，后离职赋闲。

为陈厚编古城陈氏家谱点赞

（2021年4月14日）

花后莲蓬水后痕，摩崖石刻永传神。
明昌故园今超古，幽峡游船影乱银。
国旺方迎家族旺，春新殊显月华新。
小村连栋楼兴起，圆梦更需留梦人。

徐联群老师来延小聚

（2021年5月8日）

水乐江河蜂乐群，榆钱落尽缙阳春。
酒茶温热当年事，笔墨舒张赤子心。
雾里杜鹃声入梦，雨中莲角影留痕。
山头斜照弯弯月，似觅路桥修造人。

访米家堡村老年食堂有感

（2021年5月16日）

风情别样续乡愁，疑似当年办事由。
厨具轩堂如墅馆，宜人适口有稀稠。
夕阳幸有绮霞罩，福气莫提前世修。
非是三村独享乐，妫川善举汇潮流。

注：事由，指办喜事。

从学会领导退下有感（通韵）

（2021年7月10日）

予自1990年开始担任诗词楹联学会领导，2005年退休后，任八年县老教协会领导，2015年退出。今再从学会领导退下，善莫大焉！

月有圆缺果有熟，退休两度再休休。
沙原常遇骆驼刺，韵海苦寻鹦鹉洲。
幸喜王旗升虎气，遥期雁阵上星楼。
廉颇莫道只能饭，直面翻山攥杵头。

注：杵头，指拳头。

聆王华老师讲国画与文学有感

（2021年7月17日）

恰恰黄莺绿柳啼，含情含画又含诗。
朝霞影动神来笔，伏雨珠弹韵打枝。
最是艺精通艺趣，方将花艳聚花痴。
妫川有幸聚人气，墨彩铺张劲爆时。

七 鸿雁传情

菩萨蛮·赠（常）治安友

（1965年9月10日）

举眉明牖含明月，石榴似火将开裂。垂柳互依依，恣摆枫俊驱。　凝神思密友，千里共携手。革命种儿埋，花朵心内开。

西江月·回大学同窗

（1966年4月10日）

河柳岸边敷绿，前坡山杏羞红。小芽昨夜遇东风，万点争相攒动。　那夜谆谆牢记，几天厚意心铭。言辞难表感激情，更练心红骨硬。

赠四海中学首届高中毕业学生（三首）

（1974年1月）

赠同学

青春烈焰燃胸膛，换地改天志气昂。
力致红渠灌云地，劳争寨花放山庄。
铁梅笑傲千层雪，枫叶红经万度霜。
广阔天地锤钢骨，笑迎寰宇百花香。

赠魏海兰同学

玉花飞舞迎君还，激情壮志寓银山。
溪水长流污岂染，珠泉劲吐力有源。
雪笔虽描坡未遍，金锄继落地重安。
愚公辈出又一代，巧笔匠心绘景园。

赠韩成奎同学

东风煦日发春华，众手浇开大寨花。
有日群英来相会，其中必有红管家。

忍送暴（长启）兄离职[①]

（1995年9月24日）

相交五载受益深，师友长兄集一身。
同赴南国留伴影，长谈陋室见冰心。
文成雅意惊群座，品铸高风重万斤。
桃李如云平夙愿，燃灯古镇燃灯人[②]。

①暴兄曾任通县教育局局长、成教中心主任，于本年退休。今来延庆，嘱余为其留言，故作此诗。

②通县有一塔，谓燃灯塔。

赠初恋女友

（1996年春节期间）

屈指分飞二五春，难磨时代印痕深。
犹沾关上梨香雪[①]，未尽陈庄柳绿荫[②]。
秀木花连多味果，珠泉水涌无言琴[③]。
亲情终比友情少，只把吉祥遗文君。

①关上，村名，在平谷镇罗营，学生时代在此村下乡。

②陈庄，即陈各庄村，在大兴区魏善庄镇，学生时代曾驻此村劳动。

③泉，指珍珠泉，在延庆区珍珠泉乡。

大学学友前门小聚

（1996年5月26日）

一生能有几同窗，聚会前门[①]话丰荒。
既在花园[②]经风雨，也曾乡下共温凉。
上口歌穿桃叶密[③]，陈庄舞伴稻花香。
常留学子真情在，天命之年赛兴邦。

①前门，指前门西街中学。
②花园，指北京师范学院校址所在地花园村。
③上口，指上口村，在京郊昌平北部山区。

端阳大学学友燕山聚首

（1996年6月7日）

端阳学子聚燕山，还是当年那片天。
难觅油城流汗处[①]，常闻喜报视频前。
无情岁月催白发，有意鳞轮记逝年。
斜光应比正光美[②]，福寿康宁共婵娟。

①学生时代，曾参加油城建厂劳动。
②摄影时多采用侧光。

与李春明老师雅会即席

（2001年12月23日）

豪客远来全聚德，佳文小令众人和。
诗联共赏添雅趣，华彩友情一并得。

注：李老师是老北京，原为北京烤鸭店店员，工书法。

赏王儒老师画《虾趣》

（2002年1月27日）

气畅风和水一湾，祥云吉地动神仙。
山庄乐引群龙聚，绝胜浮游在九天。

贺胞姐六十三岁生日

（2003年2月9日）

亦真亦幻亦为诗，年过六旬百味知。
村戏神扬春喝彩，园牲趣报我学痴。
时和逝水终归远，情储陈醅久愈磁。
愿借南山八百寿，常悬星斗照孙侄。

注：胞姐陈金兰，曾在北京市公安局、北京动物园工作。颔联指阿姐曾在村河北梆子剧团饰青衣。园牲趣报，指阿姐在动物园工作时著有《动物园的故事》一书。

康艳丽、赵玉龙新婚志喜（藏头诗）

（2003年7月29日）

艳虹雨霁胜朝霞，丽景和声美他她。
玉树琼英珠嵌璧，龙辉凤彩叶拥花。
新交兵弟何其巧，婚娶文妻可谓佳。
志贺明天得宝宝，喜喝回酒乐全家。

注：康女士为延庆区干部。赵先生原为部队干部，现为区直机关干部。

赠农民诗人田计海

（2003年11月）

不慕王侯不慕仙，放怀山野咏家园。
春丫踩过诗千垄，月崽托出画一船。
常入高深寻巧妙，难得质朴有新鲜。
似逢五柳沉吟久，乍在妫川见亲传。

注：田老师为北京延庆张山营村农民诗人，著有《海陀双耕集》。

赠哥嫂兼贺乔迁之喜

（2003年11月中旬）

父母天职汝代劳，更将德业树标高。
乡河没顶施援手，学路歧途做指导。
欲把温情怀旧岁，何不醇酒祝新朝。
廿春四次乔迁喜，红叶满山做寿标。

五律·贺潘炳煌先生九日得三孙

（2004年2月）

小宝多灵气，相邀叩将门。
红烛结五彩，春色蹦八音。
一定成梁栋，难分看祖孙。
应知京北雪，翻舞即予心。

注：潘炳煌为福建楹联学会朋友。

五律·赠里炮村张秀云书记

（2004年5月日）

村小来宾远，家家飨客忙。
墩高云抱古，果秀雨流香。
锦绣织前景，精神报小康。
五哥非旧比，玩土又玩洋。

贺付云阳考入北大新闻系

（2004年8月16日）

七月千家喜，甜甜果特红。
蓄能分无冕，添色照未名。
秋彩霜叠艳，春光雨洗澄。
银河常灿灿，谁个数流星！

注：甜甜是付云阳的乳名。

七律·柳屏去世三周年祭

（2004年10月7日）

落叶如钱祭柳君，吟坛炬灭暗荆门。
奔波日月挖诗眼，调韵丝竹固韵根。
勇者攀岩求涉顶，华章铺路会知音。
一身才气莫辜负，信到西天做冠军。

注：柳屏为湖北荆门人，英年早逝。

七律·谢林钧华老师赠《百寿图》

（2004年10月20日）

六载知交已忘年，学将汗水问桃园。
菜花香洒黄梅雨，枫叶红翻岔道烟。
老马坡前犹奋力，扁舟浪里欲争先。
八旬飞笔龙蛇舞，华发几多变少男。

注：林老原为中国楹联学会秘书，工书法。

七律·殡仪馆送赵铁成局长

（2005年3月10日）

肃穆轩堂暗树荫，冷风清路送仁人。
乐槌重重敲心碎，花瓣泠泠刺眼深。
似把灵魂投净水，应修德品耀寒门。
好人休道不长寿，彩虹长短照乾坤。

注：赵老为延庆县财政局局长。

七绝·悼河北省楹联学会张月忠会长

（2005年6月）

燕赵三春暗月空，楹坛垂素送张公。
临风寄语先行者，莫忘阴曹对子红。

题王儒老师画《虾龙图》

予今日六十岁生日，王儒老师昨日八十大寿，何其巧也！

（2005年7月19日）

辉彩长庚耀古城，百群逸趣聚虾龙。

六十寿借八十寿，碧水潺潺是友情。

老舍茶馆贺宋韶仁老八十大寿

（2005年8月30日）

八秩风霜品苦甜，常将心血作丝蚕。

耕耘田土播春雨，调理管弦壮艺苑。

事物纷繁留淡雅，言辞嬉笑是庄严。

前门楼子九丈九，斟碗清茶献寿官。

注：宋老原为中国楹联学会副会长、北京楹联学会常务副会长。

五古·与友夜访张顺宗吟长

（2005年11月14日）

山冷劲敲门，风霜蹭屋里。

草香动力骡，垛艳丰新米。

品味信由诗，成功延教子。

依依大道边，皓月清如洗。

注：张老为北京延庆永宁镇清泉铺村农民、退伍军人、诗人。

七律·岳母逝世十周年祭

（2006年3月30日）

缕缕怀思上柳烟，十年歧路两分天。
三冬棉絮分贴暖，四壁音回聚尽欢。
往事存盘求画影，新时翻页挂风帆。
常人漫有常人礼，一纸清文做祭言。

七律·岳父逝世十周年祭

（2006年8月底）

生身虽未似生身，温情透暖廿四春。
尽历操劳情切切，凭聆教诲意谆谆。
清白似雪清白去，思念如潮思念深。
宇宙真的有来世，一堂再聚待晨昏。

七律·贺王儒老师八十华诞

（2006年9月26日）

硕果盈枝饰寿春，山河锦绣寄征尘。
箭携壮志神飞远，辞染明霞日化新。
菊酒一盅斟往事，松岩百丈引来人。
八十岁月难为老，彭祖跟前矮九分。

注：王老原为北京诗词学会副会长，退休前为部队首长。

七律·贺淑娟老伴六十寿辰

（2007年1月）

去年祝我今祝君，时至隆冬画亦新。
橘井怀德因敬业，杏林有影更超群。
春花灿烂积丰硕，峻岭巍峨望子孙。
相伴老来翻内助，功龄不让佘太君。

注：赵淑娟，延庆县著名医生，原为延庆县医院正主任医师、神经内科行政主任，延庆县政协副主席，北京市劳动模范。

七律·贺开颜、卢昕合卺乔迁

（2007年2月20日）

陈超　赵淑娟

彩云明月照轩窗，雪后冬梅秀异香。
红线曾结联谊锁，新途应启顺风航。
从来壮志出兴旺，最是真情见久长。
家聚新春双喜庆，更将俪曲唱铿锵。

七律·贺张鹏翼、周红忠完婚

（2007年4月17日）

未名湖畔线初牵，曲奏音和马里兰。
送喜春风荣晋地，妆新好景妙妫川。
是亲是伴梁头燕，同渡同搏浪里船。
居里如烛明万载，兴家立业月双圆。

注：张鹏翼为北京延庆清泉铺人，毕业于北京大学、美国马里兰大学，现任教于北京大学。

七律·寄京北石王徐东升吟长

（2007年5月1日）

独专术业可称王，美玉奇石尽入囊。
百里搜寻风雨苦，十年培育果花香。
孕文珍宝铭籍史，无价殊功报梓桑。
华韵远扬妫水畔，杏花如海颂丰藏。

注：徐老为北京怀柔人，曾任怀柔诗词楹联学会会长，奇石收藏家。

五律·贺李之研、马怡新婚

（2007年5月1日）

三春飞艳彩，千里共荣馨。
乐动妫川喜，知交汉水亲。
宴香调五味，情重数平民。
好事延乡里，华堂共举樽。

七律·北京师范学院中文系同窗地坛聚会

（2007年5月初）

孟夏绕亭芍药美，同为花甲近唠叨。
拍栏故事追原始，追梦浮生轮好孬。
细品热帖藏恶搞，须知当日是新潮。
满堂嘉议无俗韵，把与旁人论贬褒。

五律·重阳节兼怀秀妹退休

（2007年10月19日）

霜浓妆灿烂，山老势嶙峋。

枫水摇霞影，芦风散雁声。

人延菊酒后，情醉苑林中。

应念仓实满，何忧画野清？

注：胞妹陈秀，原为中学教师，后为民政、中国银行干部。

七律·永宁赏菊

（2007年11月8日）

西风渐紧叶渐稀，铁干彩珠竞芙蕖。

丰应瑰宝堆霞锦，艳过美眉展润姿。

花品相知人品美，秋芳必动画芳齐。

流连良久心难去，似有花神手牵衣。

七律·悼荆门文友

（2007年10月下旬）

文人到底气相通，谋面未曾亦伤情。

从此诗国留憾事，无端荆楚下干城。

长空仍照汉时月，华夏正应花信风。

快会柳君成势力，联红画彩染天庭。

七律·咏水仙兼贺黄得福先生八十寿

（2008年3月9日）

仙子凌波伴春光，新花受领老花香。
金钟几口敲前事，绿笔百支写梓桑。
不以寒门颜色淡，常催热土世风扬。
时值龙日争添寿，村歌如酒送斜阳。

注：黄老原为县小学教师，此时和农民诗人王留生老师赏水仙过寿辰。

贺赵大伟、刘海燕合卺

（2008年4月15日）

雨凭云彩树凭根，英语沙龙聚知音。
坝上新风含喜气，关城明月好精神。
从兹携手扬帆远，应是和弦换意真。
遍野春花妆灿烂，似排金盏祝良辰。

注：赵先生为八达岭职工，刘女士为张北人，现为延庆卫生系统医师。

七律·祝李荣富老师八十寿

（2008年4月26日）

人过八十事若佛，流泉响韵自成歌。
杏林丰盛声高下，文苑琳琅品妙得。
谁见精神分老幼，人失志气演蹉跎。
满堂瑞气红光照，心雨纷纷涨寿河。

注：李老原为延庆县防疫站站长。

贺侯文岚老师八十寿

（2008年6月16日）

相知延庆已经年，亦长亦亲似眼前。
笔越关山殊锦绣，情牵词曲近阑干。
联章厚韵藏淑影，陋室清风富内涵。
愿把妫河三尺水，尽输东海添寿元。

注：侯老原为教师，曾任北京楹联学会副秘书长。

雨中祭父母

（2008年8月30日）

天公陪泪雨霏霏，松影云烟掩墓碑。
奠酒不堪斟往日，秋风依旧送清晖。
一生难却家国计，万事总归礼义堆。
若在人间分给予，爹娘除却还有谁？

七律·与友永宁杜明家赏菊

（2008年11月1日）

杜老家中七宝光，清岚锦雾涌厅堂。
高低雁序排方阵，灵动蝶群舞羽裳。
风自蕊中飞淡雅，韵从枝上荡悠扬。
秋光翻比春光好，可作鸿篇亮梓乡。

七律·菊花诗会兼呈王留声吟长

（2008年11月8日）

有诗无菊不提神，有菊无诗气沉沉。
菊人万会诗千首，菊诗百载艺双馨。
菊修绚丽诗修妙，诗望铿锵菊望亲。
今日芳园诗菊会，如诗菊酒寿添春。

七律·看延庆电视台冯志迅先生故事有感

（2009年1月10日）

难度人间岁月寒，难能逆境素心然。
路延羸体二千米，力下网城一指禅。
教苑雨风留轨迹，书斋笔墨涌波澜。
寻常日子寻常事，细品真应是圣贤。

注：冯先生为延庆退休教师。

七律·悼朗鹏飞君

（2009年1月31日）

佳节喜气掩悲风，摧我栋梁熄我灯。
难忘后河溪跳影，犹闻杏苑鹊和声。
诗文国策常相伴，樽酒人格自辅成。
翻见鹏翮飞碧落，神姿潇洒下长城。

注：朗为延庆计生委干部，英年早逝。

七律·回学友赵淑君赠诗

（2009年2月2日）

昔日尝闻卓不群，今朝知晓更提神。
云天跋涉领头雁，苗圃耕耘育果人。
秦土波流翻泾渭，红螺钟韵动乾坤。
而今羞与分秋色，聊向春风举酒樽。

注：赵淑君为北京人，曾在怀柔、京城中学任教，骨干教师。

七律·怀孙轶青大师

（2009年3月22日）

孙老生前数次临延庆，留下珍贵记忆。今仙凡路殊，不胜唏嘘，仅以小诗祭之。

二月突来倒春寒，巨星陨落震文坛。
慈容悬镜明三海，德业飞霞耀九天。
韵化新声妫水远，情飞香雨杏花研。
孙公万里常回首，妫水明湖映笑颜。

七律·惊闻马萧萧老逝世有作

（2009年4月28日）

纷纷花落暗京门，大厦倾塌巨星沉。
天地霞飞诗书画，时光月朗善美真。
亦尊亦友音容在，为圣为仙世道存。
何必追贤单寄梦，慈风携雨润华林。

注：马老为中楹联学会会长，诗书画“三栖明星”，著作颇丰。

七律·端午节寄王正芳学长

王兄赴内蒙古建风力发电站，节日来电，有感。

（2009年端午节）

粽绳紧紧系真情，春上草原送爽风。
牧曲渐随香气远，敖包初揽绿云平。
虹牵闪电千畴美，月赞天轮百世盈。
艾似茱萸兄弟梦，关山难阻唱酬声。

注：王老为北京延庆镇孟庄村人，精通泥瓦技艺。

七律·贺田计海吟长《海陀双耕集》出版

（2009年6月2日）

播种三春盼岁丰，耕耘卅载自高情。
涓滴雨露积河海，广阔云天展雁鹏。
画寄山川千里志，帆张志气四时风。
虽还未老人成器，极目还应更上层。

五律·咏石榴兼贺张昊阳高考夺魁入北大

（2009年7月26日）

玉树盈枝喜，张灯抢眼红。
志圆珠满腹，情胜画成工。
叶下求基厚，花前乐影重。
何不添异彩，香气透云层？

七律·赠高进兰女士

（2009年9月23日）

生是女儿却是男，嗓门一亮炸菜园。
干事风行霹雳火，待人情暖杏花天。
乐催澍雨明山野，勤采红霞染月年。
谁有一管春秋笔，留给后人成美谈。

注：高女士为延庆职教中心干部。

七律·永宁赏菊有感

（2009年11月）

不惧风霜动苦寒，小城群下展芳颜。
诗书谋面追清梦，意愿寄根留下年。
莫负秋翁劳作苦，常留月姊影神鲜。
高情亦作风流史，直把金华胜牡丹！

七律·赠延庆国土资源局

（2010年1月27日）

一方水土养一方，守土实为守家邦。
山野循规花似锦，资源用利刃留钢。
妫川情洒情难了，后世惠泽惠常香。
红线真真如测尺，丈出国计丈心疆。

七律·参观崔大年老师书法展有感

（2010年4月20日）

天通路畅路通天，宾客如云赏芷兰。
势起飞龙腾玉宇，心涵古曲荡花坛。
月华万里行军路，雨润千家创业园。
泼彩人生生异彩，春芳满眼贺大年。

注：崔老为北京天通苑诗词楹联学会会长、北京楹联学会理事。

七律·呈作曲家施万春大师

（2010年4月21日）

和煦东风染厚坤，清泉一泻弄瑶琴。
青松岭上鞭儿甩，余韵今仍遏路云。
情动珠玑翻五线，品催桃李耀千门。
楼台高矮窗邀月，装点妫川倍提神。

注：施老为中国音乐学院作曲系主任，著名作曲家。

七律·贺李荣富老先生大作出版

（2010年6月）

八旬耕种喜丰收，硕果丰花亮画秋。
香染杏林圆梦笔，神飞美韵拓荒牛。
清溪立意出泉底，朗月追踪上地头。
文海泛舟无长幼，登临还有更高楼。

七律·忆与大学校友聚会

（2010年7月19日）

安定门外柳丝柔，和风照例入红楼。
盈堂笑语别无恙，执手今天似故游。
往事几多成憾事，新潮尽数染白头。
雅集有味AA制，半夏亦能春续秋。

贺张明康“一个老兵的情怀”书画展开展

（2010年7月30日）

谁移岁月汇华堂，淡雅高情透异香。
军旅飞虹横大漠，人生有线系家邦。
执着事业金镶玉，善术耕耘粟满仓。
妫水碧波连天秀，似翻新曲又一章。

七律·纪念徐悲鸿一百一十五年寿辰

（2010年8月4日）

奇美天图渐远冥，故将椽笔付悲鸿。
势成佳构通今古，法下精工汇外中。
激荡江山奔马烈，兴发志气立狮雄。
何能添寿一一五，盛世中华任纵横。

七律·贺段天顺老耄耋寿

（2010年12月20日）

亦关民瘼亦关辞，力举吟旗耀京师。
父子相逢入城式，风霜濡染泼彩时。
歌牵渠水出山岭，路立杏花仰风姿。
为庆仁公八十寿，九城内外唱竹枝。

注：段老原为北京水利局局长、北京民政局局长，北京诗词学会、北京楹联学会会长，对北京诗词楹联事业发展贡献极大，对《竹枝词》有深入研究，多次来延庆考察水利，进行采风，有诸多诗作流传。

七律·悼丁风亮先生

（2010年12月21日）

我来仪馆路已清，聊把怀思寄碧空。
霜肃山前教练场，风杀峡谷挺拔松。
儒商亦自生叱咤，墨迹至今不朦胧。
万里关河游远近，依然诗酒会文朋。

注：丁先生为延庆出租驾校董事长、书法家，热衷文化事业，为文化活动家。

七律·咏柳树兼贺尤效文老八十寿

（2010年12月27日）

树老根弥壮，枝繁绿愈浓。
随风摇碎月，霁雨染长虹。
势借山河美，情酣社稷隆。
絮飞扬梓里，如雪贺年丰。

注：尤老原在商业部门工作，延庆诗词楹联学会会员，书法尤佳。

七律·祭黄梅楹联学会柳义君会长

（2011年2月）

寒流北上带悲风，追梦黄梅忆夙踪。
叠锦菜花香远近，扬声乡曲上空蒙。
慈颜如旭春阳暖，馨品和潮绿水泓。
心似天寒霜染羽，南天飞去祭先生。

七律·咏小草兼贺（卫）德忠吟长诗稿付梓

（2011年5月4日）

虽是小草绿留痕，清影俏姿染丽春。
入地伸根追宝藏，仰天举叶动云根。
善将雨露真情入，敢对山河妙曲吟。
积淀经年终结果，金珠饱满俏十分。

七律·贺车永宽老师书画展开幕

（2011年6月23日）

似到芳园赏百花，蓝黄橙紫耀明霞。
功随日月争精进，歌润清新作爆发。
仓廪丰实积累现，风格演绎苦痴杂。
莫言妫水泉流细，一样情缘到海涯。

七绝·赠（路）向东同人

（2011年7月2日）

随父情安四海家，学知香染沙枣花。

黄河万里出宁夏，韵向妫川焕彩霞。

贺张回、芳芳新婚礼成

（2011年8月15日）

花样年华适写真，山河亮彩贺佳人。

悉尼月霁情初定，京北秋熟礼更新。

从此生活甜且密，由衷恩爱续加深。

宏楼酒店亲朋满，笑语红烛共举樽。

注：张回为澳大利亚华侨，芳芳为澳大利亚华人。

七律·贺孟广臣老师八十寿

（2012年2月3日）

八十阅历不寻常，岁岁耕耘岁满仓。

山泉流淌烛花影，乡土逸飘文墨香。

多少庶黎留轨迹，茂繁桃李展华章。

元宵灯虹满城彩，应共先生贺寿张。

注：孟老为北京延庆人。曾任延庆山区小学教师，延庆县文化馆副研究馆员，北京市第三、四届文联理事，延庆县第七、八届人大代表及第三、四届政协委员，中国作家协会会员，著有小说集《王来运经商记》等。

和云潮吟长大作

（2012年6月17日）

万里雁行靠领头，心随文正共民忧。

菜园破季餐桌富，农舍堆云画境留。

花甲虽临行健步，耕田可顶领墒牛。

丰营千户结团队，商海大潮争上游。

五律·咏拓石兼寄第一职业学校校长刘金春

（2012年11月18日）

独向蓝天立，暑寒守黉门。

质实凝夙愿，理印铸学魂。

不必称灵秀，原应属率真。

拓足开天下，堪慰父兄心。

七律·贺胡里女士油画展

（2012年11月19日）

斑斓花雨落几台，秀色田园小剪裁。

香气氤氲超阆苑，锦霞灿烂破尘埃。

乡心逐月案头亮，灵气如蝶梦境来。

快作九天散花女，神州处处艳阳开。

七律·寄刘国春恩师

（2013年2月21日）

柳近河塘花近春，盈枝香果忆耕耘。

关沟收窄回家路，妫水开怀播绿人。

踏遍山川留脚印，追寻年少录童音。

九门旗报春涌动，京北举樽聆妙文。

注：刘老师曾在《东方少年》任编辑。《脚印儿》是刘老师小说集。九门指北京。

七律·贺刘华利先生加入北京书法协会

（2013年3月3日）

不是升迁不列星，硕博绝少染芳名。

常学书圣功夫进，直探云山光线明。

人品馨香凝艺品，学程劳碌举工程。

溪流终会归湖海，便起苍穹舞逸龙。

注：刘老师为延庆教育界干部，长于书法，热衷公益事业。

水龙吟·寄东城南区老教协龚振东会长

（2013年4月8日）

江山代有情痴者，最数杏坛遗老。袭身病患，幸脱险境，却伤筋脚。去业园丁，亦常集聚，适逢征召。忘残疾羸体，家遥路涩，爷娘弱，孙儿小。　古木新姿春晓。看龙潭，花开枝耀。化开冰锁，觅寻机遇，倾心躬导。丰富存涵，力添区社，愉欢同好。愿人多效此，忘年奉献，开兴邦兆。

七律·迎恩师刘国春入墓

（2013年6月19日）

含露绿云绕墓台，长城肃穆似垂哀。

山泉长记青春影，脚印深藏故旧怀。

但愿时光能倒转，重聆学问作升抬。
陵园好在临高速，月月恩师寄梦来。

注：刘公在1962年来延庆中学任教，20世纪80年代后任《东方少年》杂志编辑，其墓冢在八达岭陵园。

七律·贺刘亚男、刘小猛新婚庆典

（2013年7月31日）

普通百姓普通娃，成串婚车炫彩霞。
古城好雨荫烟树，妫水扬波赞小花。
才女猛男情切切，甜歌金鼓美佳佳。
殿堂喜事几多起，最是今朝乐大家。

七律·贺宋立中先生书法展

（2014年1月18日）

方程算式闹出格，凤舞龙飞苦聚得。
抢眼华光红岁序，传神珠宝亮山河。
布衣寒室柴添暖，壮世霜林露润多。
日月寻常一段锦，声随妫水起新歌。

注：宋老为北京怀柔人，教师，精于书法艺术，曾多年在延庆老年大学任教。

七律·贺梁炽俭老师乔迁

（2014年2月8日）

水归大海鸟投林，繁茂百花艳三春。
香似草原迎客酒，韵流闪电马头琴。
平生无尽耕耘梦，热汗欣催桃李根。

应是妫川福分到，孟家庄里起宏门。

注：梁原为内蒙古锡林郭勒盟文联副主席，退休后乔居延庆，曾任延庆老教协民乐团、老干部民乐团指挥，为延庆民乐事业做出重大贡献。

五律·大学同窗来延妫海远航

（2014年9月14日）

皓首妫川聚，纸眉辨故知。
芦摇风染醉，鱼动鹭蹲痴。
白浪翻沉淀，龙船顺曲直，
但求常挽手，留住奋青时。

七律·悼永川道友有怀

（2014年12月9日）

露化寒霜柳默哀，如烟往事撞胸怀。
寻芳杏岭风携影，写意碑林履印苔。
尽落繁华成逝梦，唯留清醒作别裁。
似传天界兰亭会，虚位流觞待客来。

注：王公原为延庆文联主席，工骈体文。

七律·闻青琴学长中风奉安

（2015年4月）

老天怜汝太操劳，故赐神功做礼包。
飞腿能追铁拐李，弯弓好效霍嫖姚。
残花落后丰实美，洪水沿江樯橹摇。

但等风雨平和日，兰亭佳会更逍遥。

注：学长原名张桂芹，北京城区中学模范教师。

七律·李颖老师赠个性邮票怀李世悦老师

（2015年9月12日）

秋雨如麻乱绪心，新张亮眼耀青春。
绿茵满场飞毛腿，旺业圆情种柳人。
歌起妫河霞落彩，炭添炉火日铺金。
粉丝群里犹有我，正气还能耀乾坤。

注：李世悦曾任延庆体委主任。李颖是其老伴，延庆中学教师。二人均为北京人，将一生贡献给延庆的教育事业。

忆淑鸾姐

（2015年10月30日）

人生在世终难卜，午做笑谈夕作古。
假日挤车望至亲，尽心教子唯慈母。
春和弟妹并同人，言朗社区和陌路。
一怀云散聚无期，泪水化作雪花舞。

注：赵淑鸾，北京化工四厂原厂医。

贺孟广臣老师《吾土文心，延庆文学六十年杂忆》出版

（2015年12月29日）

立旗可以做师爷，学问岂能慢耄耋。
撷采春风花始绽，躬耕沃土月西斜。

丰年不让流年歉，野史常添青史缺。

自古神才难寻觅，心歌雅意赠豪杰。

五律·悼沈静（二首）

（2016年1月）

依旧亭亭立，花开笑靥甜。

风沙摧秀木，冰冻偃流泉。

影自五环远，神随七彩安。

萧萧黄叶下，金化助盘缠。

山坠莫能挡，不分尊与年。

除虫连毁叶，擎柱怎撑天。

非做巾帼赞，应将丽影传。

安魂催动笔，助子列仙班。

注：沈静，2015年7月30岁时患白血病，生前曾多次在北京朝阳医院京西院区诊治，5个月后病故。沈静逝世前无对象，辞职后本打算换工作，但因生病作罢。其母瘦小，仅40余公斤。母女二人的坚强、豁达给我留下了深刻的印象。

五律·贺黄公腾政八十寿

（2016年5月1日）

花雨飞京北，采风会台兄。

钢技拿云手，联林不老松。

苦求催日落，联动扯朋争。

聊借西山水，烹茶敬寿翁。

注：黄老，北京钢铁研究院总工程师，北京楹联学会副秘书长，资深楹联人。

七律·闻岳、林二同窗来延未会面有感

（2016年5月2日）

孩儿尽孝染霞岚，观光览胜到乡山。
茂林岭上听花语，碧草溪边照鹤颜。
应憾家门首未聚，只留清雾岭自盘。
倘如来日春风度，化作荆棘也作栏。

注：岳、林，指岳锐国、林家鹤伉俪，均为大学同学，北京城区中学教师。

七律·贺胞兄八十寿兼贺乔迁

（2016年5月15日）

一春一春又一春，八〇后里有名分。
丹东禾绿鸭江水，基地餐香戈壁云。
不是诸葛诚谨慎，何须司马记丹纯。
更兼重列无产者，任意京华延寿根。

注：胞兄陈进才，原为七机部五院院务部部长、办公室主任，曾下放丹东农场劳动，亦曾从事后勤保障工作，多次赴西北火箭发射现场服务。

七律·延中65届高中同学聚会有感

（2016年5月21日）

分何容易聚何难，五秩方得会校园。
时雨重香瓜菜淡，宏楼已少雪霜寒。
青春快闪凝光影，羽翅犹能续涅槃。
月缺不让月盈日，丝路天伦美笑谈。

七律·悼宋韶仁先生

（2016年9月18日）

花似披霜叶落魂，如刀噩耗刺煞心。
梦追昨日妫川惠，声荡洪钟聚者亲。
无物无钱不当事，有劳有乐也圈群。
西游寄语精神抖，俪语楹红遍户门。

七律·步韵徐东光吟长咏海棠

（2016年12月5日）

娇艳颜值属海棠，团团玉树泛华光。
红楼夜聚春风秀，妫水波翻秋雾芳。
画展一方宏写美，歌扬四季妙抓狂。
人生幸事莫如此，乐访知音屏带香。

注：徐东光，笔名野草，北京人，原《工人日报》编辑。

贺云潮吟长云游

（2016年12月18日）

谁比哈翁有福分，东西南北会亲人。
才尝深圳海鲜宴，又进呼伦战友门。
沙场摸爬成过去，家乡拼创已脱轮。
种瓜得豆应如是，炼个金刚自在身。

贺区百合诗社活动

（2016年12月25日）

花艳妫川画意多，春风秋水不蹉跎。
满园香气关不住，飘向云天焕月河。

题云潮吟长微信名图

（2017年1月5日）

青山隐隐水悠悠，劳作禾田呼老牛。
陶令当年应似此，天天自在画中游。

贺卫德忠老师三个集子一并付梓

（2017年1月8日）

虹争雨霁麦争时，文笔偏偏情重痴。
三箭一弓镖中的，四朝数度果如织。
几多心血几多墨，渐次精研渐次拾。
应是曲终人不散，江涛谁见静平之。

注：卫老为延庆园林局干部。

悼孟广臣老师

（2017年2月11日）

元宵天朗炸惊雷，传我贤师驾鹤归。
木立文园云似朵，情怀乡里雨如醅。
慈颜启后明烛炬，德业流馨自礼碑。
妫水铺银声向远，先生有伴壮风威。

七律·依韵奉和张桂兴吟长《悼易老海云先生》

（2017年2月16日）

寒气袭来暗月明，香山噩耗坠旗灯。
声流秋意玉泉水，情染云空平北松。
幸储匣囊真墨宝，畅怀意韵热门厅。
业师才品丝难断，犹在燕京雨雪中。

注：易老曾任海淀区文化局副局长、区委宣传部副部长、区文联主席，退休后担任香山诗社社长，北京海淀区华夏卿云之声诗词演唱团团长。

七律·和林遥吟长《江天暮雪》

（2017年2月22日）

热烈灯花影已残，煽情洁素惹凭栏。
棉绒款款盘林木，玉屑层层腻岭峦。
佳气应夺晨静雾，新光岂让月清团。
快随冬景翻春景？好给诗人醉眼看。

闻申士海吟长《小孙早逝寄哀》有怀（新声）

（2017年3月24日）

人生有苦甜，花好缺月圆。
久旱终飞雨，高流必跳岩。
且将功利去，多把寿福添。
顺义霞光美，芳华一片天。

水调歌头·护士节寄朝阳医院京西院区血液科护理团队

（2017年4月20日）

为解人间厄，天使降人间。东风携带霖雨，花草远枯干。直与死神竞技，似举红烛引路，摆渡解危难。医患连心锁，同绘艳阳天。　国之梦，军之序，月之圆。工服素雅庄重，笑靥却春寒。直面南丁格尔，情涨珠穆朗玛，神圣又平凡。我借《红梅赞》，翻作感恩篇。

五律·和语音女士《小吃打火勺》

（2017年6月26日）

一方乡梦久，京北艳山丹。
市井萦槌韵，寻常作便餐。
出身焦且鼓，随趣月如盘。
即使天涯路，留得心内安。

注：语音为北京延庆人，原名李桂霞，延庆农业部门干部。

贺谷璞斋诗书画印大作出版

（2017年9月2日）

河望欢歌种望收，雅高情趣自风流。
难得笔墨连一气，最好夫妻作艺俦。
写意直须俗里雅，生花不必梦中求。
城河堰子记身影，如顺斜坡楼上楼。

注：谷璞斋，原名王双武，曾为延庆商业干部。工书画篆刻。城河堰子：延庆城东一土台，在今沃尔玛处，属东关自然村，1954年因建官厅水库住户迁走，1975年左右铲平变体育场，后辟为商业场所。

高阳台·同窗聚会首师大

（2017年10月14日）

菊聚因应，人非物异，断片岁月重连。执手相看，须眉意韵增鲜。东风[1]斋寝应难觅，恍若仙园。自留存，嫩月蓝霏，枫醉霞丹。　五旬岁月匆匆去，映书生靓影，热力腾翻。花雪燕云，顶凌耕作蹒跚[2]。非常年代非常业，似烛红，闪亮京原。笑廉颇，羸体西阳，仍志薪传。

①北京师范学院原院内教学楼是红旗、东风、跃进、胜利，宿舍楼是德、智、体、美斋。

②花雪燕云，指下雪开花时候曾到昌平上口造林队劳动；顶凌耕作，指初春到大兴农场育稻。

贺王景吟长八十寿

（2018年1月28日）

秋看霜华老看梅，凌烟不忘举寒微。
千百碑石撑底座，八方云水酿铮雷。
江河莫放空帆过，虹雪常追画影随。
满座长谈如读酒，东风一路唤春回。

注：王老为延庆农民诗人。

和辛鸣仓吟长春将耕

（2018年3月18日）

纷纷花雨闹东风，田野镶银竞月晴。
万树时髦琼玉扮，千山传统絮云耕。
连绵紫塞添情调，绝色丹青慰众生。
最是家园含意雅，条条脚印伴春行。

题丁志才吟长发花雪图

（2018年4月3日）

窈窕美女裹婚纱，粉嫩红颜闪露华。
如在三春寻最美，山川今日胜仙家。

惊闻同窗王秀文病逝

（2018年4月13日）

寒潮突至带惊雷，挚友无息驾鹤归。
脑转鲜活清丽影，踪留落寞酒茶杯。
寻常年代寻常去，各自行程各自飞。
人过七旬难忆旧，只余浊泪对冷碑。

海之春书画院雅聚即席

（2018年5月4日）

画展天通苑，情真汇雅风。
春潮扬盛举，艺海仗图腾。
好借生花笔，如开细柳营。
愿为天下美，洪乐壮时空。

注：海之春书画院，经营人陈洪海、刘开春伉俪。院址原在天通苑，后移至昌平十三陵镇仙人洞村。陈为中国楹联学会常务理事、北京楹联学会副会长，兼任北京楹联学会事业发展中心主任，热心楹联发展事业，成功助仙人洞村打造成“首都楹联文化第一村”。

老友聚会有感

（2018年5月22日）

徐联群老师来延，王双武老师做东，有胡国权老师及我，共四伉俪。徐老师曾就职于延庆教育系统。

老去难得会故知，更兼春尽夏回时。
露调山色沙粱艳，月笼乡情古镇痴。
窃喜暮年留共好，同求文海渡相知。
妫川画彩须留住，最艳一枝慰远师。

注：徐联群，北京人，曾在延庆山区中学任行政干部，20世纪80年代回京城，长于书法。

昌平殡仪馆送进才兄

（2018年6月10日）

雾含清泪雨如珠，突降雷刀斩手足。
基地风耽辎重列，南苑雪印健行图。
星灯夜幕前标引，功利人生后解读。
今向军都行奠礼，谁予茶酒解醍醐？

诗友聚会迎（刘）明耀吟长访亲归来

（2018年6月13日）

黄龙潭畔共寻幽，端午粽香绕案头。
妫水武陵连一线，兰风不醉酒难收。

贺陈淑明、张仲仁伉俪孔雀城新居

（2018年6月22日）

昔向繁华今向幽，官厅湖畔起云楼。
开轩会意长城月，落座刷屏驿道秋。
大效放翁招友聚，小同陶令理禾稠。
潇洒古贤争欲此，烦杂脱却胜王侯。

注：陈老师为北京延庆沈家营镇魏家营人，退休前为北京海淀区物理学科带头人。

谢艳语女士赠手绘团扇（新声）

（2018年8月5日）

月中国色胜春时，老臂未摇送爽丝。
可叹古人无福气，难将极品做相知。

注：艳语女士，康姓，祖籍延庆，在北京城里工作，书画家，尤长于工笔。

贺郝德广老师联诗结集

（2018年8月6日）

似到田园赏百花，老梅香草展奇葩。
乡风和酒醇含蜜，爱意升云艳作霞。
多少年华输画梦，丰盈霖雨壮枝芽。
珍藏岂止课孙草，文友八方赞道家。

注：郝老师为北京延庆古城村人，小学教师。课孙草，指孙儿学作文章的范文稿。

贺孙锴贤契行拜师礼成

（2018年11月13日）

海靠航标夜靠灯，寒冬地热暖亲情。
时光焦聚回龙观，术业功和妫水风。
不尽格梯千尺上，非常节目百家鸣。
庄严礼乐升人气，定是文坛耀启明。

注：孙锴为延庆区直机关干部，拜北京作家刘一达为师。

贺张文宗吟长书法集付梓

（2018年12月21日）

致仕尤能晾口碑，榆林夕照涨余晖。
锋回四体龙盘柱，势展八分蚕卧眉。
精艺生成凭历练，高格安定仗敲推。
欲求新谱应添翼，协我攀飞上翠微。

注：张老为北京延庆康庄人，曾任延庆县委组织部部长、延庆县人大常委会副主任，现任延庆老年书画协会常务副会长，长于书法。

忍送张天路神父深圳履职

（2019年1月9日）

妫河南岸喜逢君，如在隆冬沐煦春。
花海田中浓艳彩，信徒梦里赞福音。
志存雁影新天地，情借鹰风大晋秦。
月老牵绳殊可任，隔山隔水不隔亲。

注：张神父为区政协委员，原在永宁天主教堂，后调至深圳。

参加赵万里老师《流淌的乡愁》作品分享会有感

（2019年8月24日）

水亦淌流愁亦流，难将岁月入篮收。

花铺山野香凝梦，路展城乡画舍头。

记忆几多成故事，林丘何处矗阁楼？

雅集书馆聆佳话，不必轻烟落五侯。

注：赵老为北京延庆大柏老村人、退伍军人，曾任延庆宣传、文化部门领导，延庆区文联主席。著有《品味延庆话》等。

贺山西绛县梁文清吟长《诗联寄情》付梓

（2019年9月21日）

久久成功业，酸甜自己知。

秋粟归仓廪，水流汇海司。

纹饰杏林美，声扬古绛痴。

雁鸿归绕路，捎去敬亭辞。

注：李白诗有“相看两不厌，唯有敬亭山”句。

贺马玉昌吟长《同龄声》诗七十首付梓

（2019年10月25日）

鹊恋民宅水恋湖，和风岂会远茅庐。

目光拉网搜花絮，足迹升台揽玉壶。

不放朝霞空逝梦，还期夜雨广施福。

有心人做有心事，亦是文园别样图。

注：马老为北京延庆李四官庄（现已撤村）人，曾任白河工地、延庆镇宣传干部，延庆象棋协会领导，现为北斗诗社副社长。

许青山老师讲散文创作有感

（2019年10月21日）

如在隆冬现早春，月光静野动率真。
霞收百卉铺浓彩，露聚九霄润旱根。
寻物如登淘宝网，出神必亮过堂门。
妫川今日名天下，助演吾侪震鼓金。

注：许青山，女，延庆税务系统干部，曾任延庆诗词学会副秘书长，现为延庆作协秘书长。

贺祖振扣儒师八十寿

（2019年11月4日）

树老根深酒老醇，德高仰止向冰轮。
飙歌京北风欢韵，扶帜南洋水耀痕。
文苑露圆增琴润，华楼虹丽醉眸吟。
三秋燕岭山如画，装饰全新贺寿尊。

注：祖老，原驻新西兰大使馆一等秘书，外交学院教师，北京楹联学会副会长，资深楹联人。

生吉俐老师歌词入刊获薄酬有感

（2020年5月20日）

心血熬浓华发浓，腕星得益网传红。
酬劳莫问有多少，原是文人少富翁！

注：生吉俐，网名圆音露珠，生于山东，居北京。中国音乐文学学会会员、中国音乐著作权协会会员、中国楹联学会会员，曾任北京楹联学会副秘书长，作词的歌曲作品数百首。

和孟广祥吟长《庚子新春即事》

（2020年1月28日）

福气熏风喜欲临，却遭苦雪作淫浸。
画梅潮打失颜色，琴鸟雷凌废好音。
号令天兵神力聚，融和科宝道行深。
待时花海舒云锦，我辈驰情送赞吟！

注：孟广祥为北京顺义人、中学教师，北京楹联学会副会长、评审委员会副主任，著名楹联人。

悼石理俊吟师

（2020年7月8日）

三伏未进感拔凉，风斩骚坛失大梁。
月映清驱如诗骨，雪叠厚韵耀龙章。
妫川犹记兰亭盛，京甸长追翰墨香。
我注荷盘珠泪滚，遥瞻归鹤去仙乡。

悼王留声吟长（通韵）

（2020年12月20日）

农家文采似灯烛，光亮不只明草庐。
联对佳节红社里，丝竹素日乐翁姑。
课徒历历暑寒梦，生计营营茶饭图。
猎猎北风绝益友，萦怀西望我当哭！

悼水稻之父袁隆平

（2021年5月22日）

神州万里稻花扬，一扫饥荒稳邑乡。
囤囤圆情年递进，坪坪赞礼画祯祥。
穗弯秧秆龙筋瘦，步碾滩园月影长。
呜咽江河云坠泪，放声悲我损基梁。

长沙送别袁隆平院士

（2021年5月22日）

垂泪雨珠冷而斜，诸多黎庶送袁爷。
灵车如步垄田缓，哀乐撕心歧路别。
万尺粮堆成泰岳，千盘渠水照星阙。
依稀总理当年送，一样民情祭汉杰。

八 寄物抒怀

蝶恋花·海棠树

（1964年春）

春雨潺潺梳柳过。枯木逢春，韶缀海棠阔。经历了风磨雪虐，瞧今日娇姿婆娑。　　玉叶琼枝檀木做。暖意熏熏，惹落英缤簸。赏莺语缠皑雪彻，郁香招引蝶蜂落。

菩萨蛮·中秋

（1965年9月10日）

中秋明月披霜柳，乡风拂面如婴手。鸣雀止寒蝉，九菊郁味添。　　粮山犹已见，耳响丰收赞。皎月欲偏西，心潮逐浪急。

柳树知春

（1990年3月）

积雪才消雁未归，群芳急切盼春归。
河边柳树知春意，淡抹霜枝报锦菲。

木榄芽

（1990年4月）

何必清霜染秋华，阳坡四月落丹霞。
山珍野味谁最美，细品盘中木榄芽。

妫川广场小铜人（古风）

（2002年7月）

妫川广场高品位，城标绿地喷泉美。
西北又辟商业街，花灯霓彩似霞飞。
精美雕塑列其间，长城一款最拔萃。
女孩城上往远瞧，男孩闻讯蹽飞腿。
天真烂漫活泼劲，活现今天新一辈。
不料人中竟有害群马，偷将男孩裹挟去。
女孩我焦急呼不出，暗暗怒骂缺德鬼。
谁家养下不肖子，光天化日做盗匪。
如今我个孤零零，思念孩友哭无泪。
报纸电台发通知，寻找铜人追狂悖。
你把铜人卖回收，难保不露根和底。
你把铜人压箱底，良心时时受责备。
你把铜人示亲友，亲友谁不撇撇嘴。
你把铜人送父母，父母心能不惭愧！
你把铜人传子孙，如此家风传后辈？
闻错即改为好汉，快把铜人早归位。
铜人牵动世人心，延庆人盼你早早归。

游越南有感

（2003年3月）

平生首次当老外，春雨东兴过界河。
半哑半聋游异域，一行一动有国格。
像观取景晴明好，车越通途便利多。

红水岸边寻古迹，风情别样送欢歌。

七律·塑料包装联想

（2004年3月底）

丽质天生赛锦纶，让人又爱又揪心。
包装万物真方便，处理一招费找寻。
水面漂浮眯乱眼，枝头翻舞作降巾。
百年之后田畴满，净土何将遗子孙。

七律·咏柳絮

（2004年4月5日）

欲扮三春效百花，纷纷乱乱满天涯。
似棉无计隔寒暑，滚雪凭啥润果麻。
戏舞春风眯众眼，闲游居室堵窗纱。
子孙撒下千千万，未见几多化柳斜。

某些商品包装有感

（2004年10月）

现代商家爱追风，包装亦闹假大空。
硕盒糕饼实无几，大礼杯瓶太孤零。
实惠莫求求体面，经营必要要灵精。
资源不管耗多少，老板只当垂钓翁。

七律·咏大雾

（2004年10月7日）

百万锅揭水汽腾，山川草木尽迷蒙。
人家忽然移云海，行旅不如走夜空。
小试脸颊沾雨雪，难说天气是阴晴。
太阳一照无踪影，事物终究要本形。

游井冈山返南昌乘车误点

（2004年11月12日）

乘车要误盼追风，几欲出租闯红灯。
脑子乱麻翻上下，眼睛无暇顾西东。
招呼早给陪同打，游导难失购物行。
晚点改签卧铺去，且平心态等回京。

七律·新颜赴斯里兰卡救灾

（2005年1月）

久别家聚贺新年，电令忽来重过山。
因是友邦逢水火，应凭微力助平安。
银屏影觅晨昏里，短信情牵话语间。
多少身肩情共义，待干杯酒庆归帆。

注：赵新颜，犬子，北京友谊医院主任医师、副教授。

七古·养宠物有感

（2005年6月5日）

兽禽收养尘世久，更兼动物是朋友。
国策严格要计生，犬丁兴旺随添口。
商门供货特琳琅，主子投资出大手。
好像社会返从前，穷孩难比富家狗。

七律·春雪

（2006年4月7日）

天仓积絮散精光，片片簇簇掩平岗。
烟柳枝头青嵌玉，碧桃蕾上粉含霜。
素描垌野催诗画，露润丰芽报梓桑。
绝景瞬间发警醒，谁将亮点壮家邦？

七律·退休写真

（2006年11月）

离岗坐家非作家，轻身依旧伴朝霞。
网屏有线穿寒暑，书报如糕下酒茶。
欲使闲心插劲羽，难将旧梦化沉沙。
偶同师友诗中聚，堆褶霜颜笑作花。

春雪闹元宵

（2007年3月3日）

暖雪元宵闹北疆，堆琼积絮扮城乡。
灯楼影俏风含素，草木花繁雾染芳。
童稚有才雕软玉，鹊灵品妙舐黏糖。
虽无叠鼓独红火，湖畔林间聚赏光。

七绝·鬼葛针（三首）

（2007年4月17日）

两根芒刺带钩蜂，强让别人做义工。
好似病毒贴网页，一朝黏上脱不清。

生在阳间做鬼针，善钻空子暗贴身。
天生不怕人讨厌，只为传宗散子孙。

衣满芒针如刺猬，冥冥不晓做传媒。
回家悉数全收下，转瞬化作灶膛灰。

鹧鸪天·题汾酒

（2007年7月29日）

古艺仙泉下美粱，蒸霞储月窖风霜。善催竹叶凝香久，更顺汾河化韵芳。　琼露美，盛名扬。千秋丽句醉流觞。味升万里云天外，难怪仙人恨未尝。

七律·中秋

（2007年9月20日）

一载盈亏十数周，人间独睐月中秋。
清辉画染千畴景，丽影情圆万家楼。
韵洒清光凝世盛，魂牵逆旅动乡愁。
诗泉喷涌扬金曲，聚友新城醉唱酬。

五律·中秋抒怀

（2007年10月初）

天凉风转硬，雾重叶垂珠。
万首笙歌起，千家果菜足。
鸟巢延奥运，神箭放穹庐。
多少金秋后，中华立世殊？

蝶恋花·元宵

（2008年元宵节）

春妆叠彩花拥路。蝶羽翻飞，乐动摇烟树。情满妫川香满户，瑶池难做春归处。　笙歌遂意翻仙谱。盛世咸逢，更作新潮酷。不拒菜单开新目，莫耽紫燕回梁柱。

七律·见海棠秋季开花有感

（2009年8月27日）

秋园雨后彩朦胧，虽是芳华透病容。
未有香飕输好蜜，平添冷月照残红。

因风作秀难结果，兹梦难圆枉费工。
快随新潮成久远，冬夏不分入大棚。

七律·感悟人生（二首）

（2009年11月底）

云自逍遥月自凉，心香一脉下斜阳。
久为病体偏落枕，偶遇寒流乱加裳。
泉水一出希万里，名山柱立耀八方。
昙花转瞬留精彩，何必诚心寄梦粱。

事愿周全情愿真，清风拂过水留痕。
访奇欲到黄果树，问病难寻紫竹林。
不怕身边藏奥步，应愁坡上倒车轮。
几多风雨几多路，最应无愧对双亲。

七律·清明有感

（2010年4月5日）

岁月无踪又有踪，人间企盼是清明。
云来携梦无情雨，风送升高有线鹰。
烟柳千村飞画意，杏霞万缕趁和风。
江河如酒难成醉，竟日滔滔下东溟。

七律·电脑文件误删有感

（2010年4月19日）

装置小小比人精，海北天南任沟通。
文档收藏如仓储，鼠标击点倣面呈。
拖来拖去真应手，翻旧翻新苦下城。
不讲感情讲铁面，误开程序白做工。

七绝·雨中访桃花

（2010年4月22日）

今年桃卉效寒梅，抗雨凌霜展艳菲。
冷对缙山头满雪，何愁春色不还回。

五律·怀车神奚正

（2010年7月17日）

鲁齐多贤圣，车祖耀薛城。
轮转山河美，轼横日月明。
先人为积淀，今羽乃飞腾。
君见车龙滚，星悬暗夜中。

渔家傲·寄两岁小孙梓鸣

（2011年1月15日）

未有脱生先裹乱，胎肠拧了十多转。赶紧转将儿医院。真肝颤，血贫还有肚脐疝。　虎虎敦敦成逐渐，蹒跚走路学说慢。一口汤来一口饭。全家盼，快点成个男儿汉。

重阳有感

（2012年10月23日）

家望团圆岁望收，山河广揽上重楼。

菊香细细调卮酒，秋色浓浓染画眸。

风散雁声天尽处，月磨湖水柳前头。

愿将热梦和云上，不让霜凌冷画钩。

七律·乘公交听老农侃大山

（2012年10月30日）

逛遍京城不费钱，于今还差大观园。

新潮乱眼心直乐，古迹还原梦好难。

常把楼林翻岭海，有别繁盛想清闲。

可怜二老撇身早，要不也能出大山。

清明有感

（2013年4月5日）

细雨丝丝绕祖茔，怀思缕缕落乡城。

菊香酒味和云去，往事祷词向心凝。

杨柳条条催醒梦，关山处处望回青。

东风再报春归处，塞北江南次第同。

卜算子·观路边停车戏题

（2013年4月22日）

悠悠大路边，南来又北往。地块如金重点攻，惜变停车场。　糕饼有压缩，形变金刚爽。快找高人改坐骑，统统折叠放。

七律·门牙被拔有感

（2013年10月17日）

六旬效力伴生涯，过关斩将似刀铡。
节气饶人风物老，枣核如杵脚桩砸。
难由朽木撑颓厦，省却洪波荡水沙。
洞开莫笑伤风雅，清进浊出一任它。

七律·深秋大雪

（2015年11月6日）

天怜尘世转平庸，玉屑桃英撒昊空。
林木莫分皆挂锦，山川普惠遍铺琼。
尤添灵气花间素，最是层云崖上松。
亦澥亦凝难举步，细听街院动金声。

鹊踏枝·投食麻雀添趣

（2016年7月26日）

眼下时髦当饷客，金粟为肴，户牖为桌座。百羽风轻飞叶落，腮帮开甩如馅剁。　小小精灵谁怯懦，自由来去，喳歌无造作。“君住屋笼天属我，我为人间添快乐。”

水调歌头·清明豪雪

（2018年4月5日）

霞是蓝天梦，雪做百花魂。洋洋飘洒琼屑，铺垫万畴新。红蕾翻成琥珀，绿柳垂成玉串，翠柏好堆银。山岭巨棉垛，河水特传神。　　踏黏雪，怀英烈，祭先人。林园满眼妆素，别样动游心。千百年传故事，九万里圆社稷，热血碧秋春。情我圆冰魄，和雪净乾坤。

元宵节

（2019年2月19日）

玉屑妆银路，红灯嵌素霜。
鼓钹穿柳雾，龙虎乱虹光。
人聚围观路，情怀诗画乡。
猪年添故事，痴向梦中藏。

山桃花

（2019年4月10日）

晚牵杏雪早追梅，墙角凌风霞彩飞。
娇美姿成佳丽面，清高韵上郁香围。
难将陋质称仙品，曾载春帖壮户楣。
片片落英铺请柬，邀来百卉喜荣归。

小雪节气迎初雪

（2019年11月30日）

琼屑应时到，山川俱焕新。

芦花舒柳眼，棉絮掩沟痕。
山动玉龙远，河明素月真。
同是银天地，风光有异分。

玉楼春·夏都公园与野鸭群对白

（2020年1月28日）

吾为看客君为主，池里优游冰上舞。花船小小影移前，应对神疑如吐哺。　只因尔等心难卜，我辈常充招祸蛊。果狸禽鸟又蝙蝠，何日相安同水土？

庚子清明写记

（2020年4月初）

北国春色美如织，欲赋新诗却语迟。
疫扰寒摧梅更好，劝君莫负赏花时。

咏垂柳

（2020年4月11日）

丝绦串串落新蜓，玉络轻摇唤煦风。
疏密能容岚雨入，鹅黄恰脆燕莺鸣。
不分沃野和瘠土，直面炎凉或雪冰。
大美家园千千树，凌云半数借青葱。

掉窖有感

（2020年7月16日）

未来地震我先来，一步惊魂五丈埃。
好歹也成极蹦跳，身躯莫做土无栽。
窑门路窄成接口，天梦情留做减灾。
乡人不幸诗国幸，陋笺秃笔亮别裁。

今日又重阳

（2020年10月25日）

今日又重阳，飘飘蝶羽下。
西风消碧红，弯月敷冰甲。
菊共酒香浓，诗兼灵气岔。
遥瞻万里天，清肃明华夏。

竹枝词·年味（二首）

（2021年2月10日）

购物临节排大队，点心熟食尤为最。
商家变价暗不搭，扫货谁管贵不贵。

对联福字满地落，店里店外货成垛。
年味不知何处寻，手提车载叫年货？

有感七夕（通韵）

（2021年8月14日）

牛女天河会，红尘亦望期。
鹊灵襄好事，藤架解神机。
今做风俗改，常将个性揖。
仍怀真爱者，君看那拉提。

跋

说实在的，从1990年延庆诗词学会成立，到1995年延庆楹联学会成立，我作为主编或参与编辑诗词楹联方面的书籍有多本，但是出版自己的诗词专集，这次却是第一次。

诗词，是指以古体诗、近体诗和格律词为代表的中国传统诗歌。通常认为，诗更适合“言志”，词更适合“抒情”。诗词是阐述心灵的文学艺术，而诗人、词人则需要掌握成熟的艺术技巧，并按照严格韵律要求，用凝练的语言、绵密的章法、充沛的情感，以及丰富的意象来高度集中表现社会生活和人类精神世界。中国诗起源于先秦，鼎盛于唐代。中国词起源于隋、唐，流行于宋代。《尚书·虞书》：“诗言志，歌咏言，声依咏，律和声。”《礼记·乐记》：“诗，言其志也；歌，咏其声也；舞，动其容也；三者本于心，然后乐器从之。”早期，诗、歌与乐是合为一体的。诗即歌词，在实际表演中总是配合音乐、舞蹈而歌唱，后来诗、歌、乐、舞各自发展，独立成体，诗与歌统称诗歌。如今，诗歌按照不同的表现形式分为白话诗和旧体诗词，白话诗更多称为新诗或自由诗，但“诗词”连称时一般指旧体格律诗、词。词原是配乐歌唱的一种诗体，句的长短随歌调而改变，因此又叫长短句。词分为小令（58字内）、中调（59～90字）、长调（91字以上）。词一般分上下两阕，也称为片。在当今社会生活中，继承和发展它传统形式中情味、意味、韵味更能使人接受，它是汉语特有魅力和功能，这是任何语言所没有和不能的，也是任何语言翻译不了的。因此，传统诗词文化是世界文学史上最独特的表现形式和文学遗产。

中华传统诗词是中华民族的瑰宝，是中华文化的重要组成部分。它不仅具有强大的政治影响力、思想凝聚力、道德规范力和艺术感化力，还具有鼓舞人心、催人奋进的精神力量，并且有着潜移默化的道德教化作用。古典诗词创作是现代人生活的艺术品，它品味生活中的美，并使这种美感永恒存在。古典诗词在把握人类生活的美感方面，具有得天独厚的优势。它通过押韵、对偶、平仄、音节等艺术手段，创造出来韵律、节奏、意象等，往往烘托出美好的意境。

传统诗词是传统人文创造的一大归宿，它不仅仅是中国文化的一个分支，也为我们提供了一个伸展个性的天地。传统诗词是汉语言的灵魂，它是最能体现出汉语言价值的文体。它有着极为非凡的表现力和影响力，这是任何一种文学体裁所望尘莫及的。它是提高人民素质的一大良药，在潜移默化中推动着社会文化的发展与繁荣；提高人们的公德心和责任心，更能体现出一个文化大国悠久的历史和深厚的文化底蕴。这些效果，除了复兴传统诗词，其他方法都不可能达到。

我上高中时，在语文课上学习毛泽东主席的诗词，从而喜欢上了这种艺术形式，曾按照诗词句子长短写作。有的老师看到后并告诉我，诗词有格律，专门有诗词格律方面的书，叫《诗词格律》。那时，我到书店去买，只买到了王力先生的《诗词格律十讲》。于是，便照猫画虎地填写了几首。有两首写清明怀先烈的，刊登在学校的黑板报上（其中一首在本书“壮怀激烈”中），受到同学们的好评。但是没有买到《诗词格律》一书仍心有不甘。1965年，我进入北京师范学院（今首都师范大学）中文系学习后，到多个书店去找，但还是没有买到。当时西单有一家旧书店，也没有，营业员当即便把情况登记了下来。过了不几天，给我去信，说有了。我赶紧到书店取书——1962年7月第1版，1965年9月第3次印刷；价格是0.40元。这本书现在还保留在我的手头，只是纸张老化，有些破旧了。拿到这本书后，我如获至宝，按照书中要求进行学习创作。

“文化大革命”期间，受极左思潮影响，撰写传统诗词有“四旧”之嫌，所以写得很少了，但也有，多数是适应当时形势，有的还受当时的大气候影响。写得有点儿意思的是写给四海中学首届高中毕业生的几首。改革开放以后，套在人们思想上的枷锁被打开了，写得稍稍多了一点儿，如修建白河的情况、东部山区情况等。

1990年延庆诗词学会成立，后来加入北京诗词学会，我先后担任延庆诗词学会的副会长、会长，担任北京诗词学会的理事、常务理事。1995年延庆楹联学会成立，当年加入北京楹联学会，我先后担任延庆楹联学会会长、副会长，担任北京楹联学会副秘书长、副会长、会刊总编，现在是临时支部书记。在参加或组织活动中，接触的事物和专业知识多了，交流切磋的机会也多了，所以作品也逐步多了起来。孟繁锦、王庆新、段天顺、宋韶仁、申玉海、赵永生、李森、刘明耀、时勇、李自星等领导和老师对我的教益，是我终身难忘的。感谢全国的、北京市的和延庆区的老师、诗友、联友对我的关心和帮助。作为学会的骨干，无疑到褪节上就得拿出还得像样点儿的东西来，无疑促进了我的学习和创作。

本书作品时间跨度较大，从1964年至今，共有750多首（含组诗）。为了便于大家更好地阅读，按内容分成了八大部分，如壮怀激烈、锦绣神州、花满京华、画展家园、山河存记、往事回眸、鸿雁传情、寄物抒怀，都是抒发自己热爱中国共产党、热爱祖国、热爱新时代、热爱人民军队、热爱首都、热爱家园的情感。对祖国的发展和家乡的历史、美景和变化，由衷感到高兴。同时，也有记述社会前进的过程中发生的大小事件，还有与诗友、朋友、亲属交流的记录，更有个人几十年生涯中的活动轨迹。在这些诗作中，我努力做到以下几点：

一是细致观察，写出不同的视角。如“嫦娥五号”返回器溅落现场，众多的人是从正面去写，我却抓住了一只小白兔从返回器前跑过的片段，写了“玉卯多灵性，知今携宝归”，以庆贺这一伟大事件。又如参观平北抗战纪念馆，如果正面去写，会陷入人云亦云的窠臼，我抓住一只鸽子（或斑鸠）落在一台破旧的炮车上，想到革命先烈渴望和平，为了换来和平，他们抛头颅、洒热血，献出自己宝贵的生命。

连云松柏展棚罗，似为英灵把伞遮。
血雨腥风成噩梦，断刀土炮欲陈说。
休言妖雾今远遁，常有逆流伏漩涡。
似见碑墙人注目，炮车落羽和平鸽。

2021年6月底，突来一场冰雹，把夏都公园的荷花“打”的土平，简直惨不忍睹。面对这种情况，如何突破面上的惨状，我抓住没有被雹子打伤的荷箭，写了首《雹灾后夏都公园见荷苞独竖》，以平复大家因灾的伤感。

天妒人间美景殊，钢鞭四下扫平湖。
乱撕罗伞披头发，尽陷箭旗滑铁卢。
风浪轻挟红蕊去，云林残落绿蝶铺。
雾中鹤立坚强者，号令重翻锦绣图。

在《七律·香营赏杏花未开时》中，当时杏花大部分没有开，多数人写作时仍然多是按杏花开得多么繁茂，我却写当时的真实形态：“杏花如豆点红唇，十里梯坡落紫云”。

二是要有哲理，这样才有嚼头。2010年8月，我到清东陵旅游，写有感想：

名峪马兰秋色微，穗红果艳斗芳菲。
明楼势借云上下，华表光追月盈亏。
为免君王留憾事，须将地阙储余威。
崇陵厚葬何隆赫，却是高标引盗贼。

君王为了死后继续享受，把大量财宝埋入陵墓。却没想到，此举反倒成了招引盗贼的目标。在《七律·妫川绿化遐想》中我这样书写：

几疑仙子显神威，惊见妫川遍锦菲。
岩壁溪流瀑乱泻，沙滩阆苑露香围。
功成荒野情难尽，心伴神舟计远飞。
不是中秋还把酒，环形山上绿云催。

妫川绿化取得了骄人的业绩，沙石、荒滩挖坑换土，引水浇灌，都种上树了。山坡岩石采用爆破挖坑，远处运土回填，把水引到山顶水池中，再用水管引到树坑中，连续3年保活，再转移别处。山上沟谷有修路采石的流沙，铺上从菲律宾进口的棕榈垫，再挖坑换土栽树，以确保成活率。看见绿化人取得苦功，奇思遐想，妫川绿化遍了，再绿化哪里呢，和神舟飞船上天吧，不是中秋也可赏明亮的月亮，把月亮环形山也种上树！

退休了，环境变了，活动内容变了，生活节奏变了，于是写了《七律·退休写真》：

离岗坐家非作家，轻身依旧伴朝霞。
网屏有线穿寒暑，书报如糕下酒茶。
欲使闲心插劲羽，难将旧梦化沉沙。
偶同师友诗中聚，堆褶霜颜笑作花。

离岗坐在家里，而不是作家，一下就把每天的生活点透。这句话都成了我老伴的口头禅，谁要问我在家里干什么，她便说我“离岗坐家非作家”。

还有2004年春节期间所作的《五律·贺潘炳煌先生九日得三孙》：

小宝多灵气，相邀叩将门。

红烛结五彩，春色蹦八音。
一定成梁栋，难分看祖孙。
应知京北雪，翻舞即予心。

潘炳煌老师是我在参加中国楹联学会会员代表会上认识的福建文友，他来信告诉我9天之内添了3个孙辈。于是我就草成了一首五言并请却占华老师写成书法寄去。小朋友以后一定会成为栋梁之才，但今天很难区分谁是孙子谁是爷爷，孩子就是焦点，孩子的话就是圣旨。收到字画后，潘老师非常高兴，和别的文字一起制成小册子，并回赠给我一本。

三是写东西要投入真情、气息，在普通的生活中悟出大道理。如门牙掉了，别人看着不一样的我，觉得有点儿可笑，我索性就写了一首《七律·门牙被拔有感》：

六旬效力伴生涯，过关斩将似刀铡。
节气饶人风物老，枣核如杵脚桩砸。
难由朽木撑颓厦，省却洪波荡水沙。
洞开莫笑伤风雅，清进浊出一任它。

在《幼学琼林·身体》中有“笑人齿缺,曰‘狗窦大开’。”大意是，笑人家牙齿缺了,象个狗洞大开着。我是自嘲牙掉了，像狗洞一样敞开着，任凭我的污浊的东西跑出去，大家清新的进来吧!说到这里，还有个小插曲。我有个亲戚哥哥，重病在床，我去探望，他看见我的板牙没了，我说我还写了一首诗呢。他让我念给他听。念完后，他的苦瓜脸上也露出灿烂的笑容。

又如2009年端阳节写给王正芳学长的一首诗：

粽绳紧紧系真情，春上草原送爽风。

牧曲渐随香气远，敖包初揽绿云平。
虹牵闪电千畴美，月赞天轮百世盈。
艾似茱萸兄弟梦，关山难阻唱酬声。

王老师是延庆镇孟庄村人，精通泥瓦技艺。是年，他随大唐公司赴内蒙古锡林郭勒草原建风力发电站。节日来电问候，使我大受感动，于是草成一首，并请王双武老师写成书法，做了镜框送给他，成为他独一无二的纪念品。

诗词不仅是文人书斋的闲情逸致，有时能发挥独特的作用。2014年底，我老伴不幸患了骨髓瘤，从2015年开始在北京朝阳医院京西院区诊治。在陪伴她的日子里，很长一段时间，我与患者、患者家属、医护人员接触，患者的痛苦，家属的无奈，用药的困难，医护人员的尽职尽责，无时无刻不在撞击我的心房。2015年4月的一个晚上，我拿起笔，一气呵成，填了6首《卜算子·朝阳医院京西院区血液科求医有见》，其中最后一首是《寄语万珂药》：

越岭过洋来，数倍黄金贵。
愁爱交织多少家，医病挖肝肺。
多少卖宅房，多少中途退。
科圣中枢恻隐生，出手解民累。

填出后，送给了血液科，科里将其张贴在楼道内“病友及家属的心声”栏目里，引起了患者、家属、医务工作人员的关注和共鸣，也获得了医院领导的称赞。2015年4月下旬，我老伴原单位的几个老同事到家中探望，其中一个是北京协和医院药剂科的主任，是国家和北京市医保专家组的成员，我向他反映了这个问题，并拿出该组词让他看，他大受感动，表示要将其带到专家组。不久便传来了喜讯，2017年7月19日，万珂等多个肿瘤靶向药进入国家医保药品目录，这种药由每支12000元，降到每支6000多元，加上医保报销，个人每支仅需负担不到800元，大大减轻了患者家庭的负担。当然，这是国家根据财力制定的政策，但我的诗作，无疑为群众呼声增添了一个佐证。

四是尽量运用生动形象的词语，特别是社会流行的新词语。如2003年《赠农民诗人田计海》：

不慕王侯不慕仙，放怀山野咏家园。
春丫踩过诗千垄，月崽托出画一船。
常入高深寻巧妙，难得质朴有新鲜。
似逢五柳沉吟久，乍在妫川见亲传。

田老师为延庆张山营村农民诗人，著有《海陀双耕集》。是年12月21日，《北京日报》刊登记者到北京诗词学会采访稿“在诗中安置我们的心灵”，引用了这首诗。其实这首诗出奇的地方就是颔联，如果没了颔联，这首诗什么都不是。特别是春丫、月崽是我创造的新词，春天的小女孩，光着脚丫在田野上踩出一垄一垄的诗句，刚出现的月亮像一个小男孩，托出一船农村的风情画，也是说田计海老师在田野、在夜间进行构思、创作。这首诗作请李自星老师写成书法，在学会年会上送给了田计海老师，作为永久留念。

2002年填词《水调歌头·延庆杏花春》：

延庆群芳秀，最酷杏花春。万树枝吐艳，装扮地天新。山野如披霞锦，香引蝶蜂竞舞，细雨染红林。更有缙山下，花海涌岚云。　拥关塞，扑峡谷，闹河滨。相邀桃李樱柰，韵醉踏青人。昔日辽金御苑，八景古城烟树，犹有故风存。李杜仙游此，举酒忘倾樽。

此词获延庆县第一届“杏花春”征诗一等奖。有人评价这首词下阙头的3句动词用得好，特别是一个“扑”字，活化了杏花在沟谷中开放的状态，这也是我采风时观察到的。杏花往往在沟谷中长得旺盛，开花也多。这是因为雨水将土壤冲下，也将杏核带下埋到土壤里易于繁殖。再加上沟里土层比较厚，土壤水分较多并保存的时间长，更易于杏树的生长，从而出现杏花群落，呈现“扑”的状态。

还有2019年《贺延庆诗联学会年会》：

谁将韵律演春娇，喜动妫川花胜潮。
安字不须脱口秀，跟帖亦可表情包。
身边画景天天变，心底萤光处处飘。
任是吃瓜莫甩手，塑身插翼放云霄。

这里用了多个网络新词，如“脱口秀”“跟帖”“表情包”“吃瓜”“塑身”，把比较刻板、严肃的活动变得生动，给人耳目一新的感觉。

另外，通过多年写作、交流实践，以及这次结集出版，我还有以下感悟：

一是写作贵在坚持，持之以恒。能写尽量多写，我给自己定的目标是一个月写2首，听着不多，但一年下来就是24首，30年就是720首，可以成一本厚厚的集子了。

二是多参加活动，尤其是采风。宅在家里，当然也可以出作品，但相对要有局限性，比较难写出好东西。有的地方离得较远，或受客观局限，就好好熟悉原始材料，或上网查找。

三是写格律诗词一定尽量按律。参加赛事一定要合律，否则很容易被拿下。平常写作在按律情况下，为防止因词害义，可以有个别地方出律。

四是写完后，静心修改。在时间允许的情况下，不急于发表，先冷一冷，再修改。可以用网络中的“律诗校验”“词格校验”检验一下。

最后，感谢延庆作家协会，感谢乔雨、周建强等老师，支持延庆文学事业的发展，解决延庆作者出书难问题，统一出版文集。特别有北京市原副市长胡昭广撰写序言，为文集增辉添彩。

今后我要更加努力创作，以报答社会、报答国家、报答家乡，也报答各位老师对我的关爱!

限于本人创作水平，编稿时间仓促，一定有很多舛误，敬请大家指正。

陈超

2021年8月于延庆